Hayashi Mariko *Collection 1*

秘密

林 真理子

ポプラ文庫

秘密

もくじ

秘密

お別れパーティー

あさっては由紀《ゆき》が引越しをすることになっている。

それで美紗子《みさこ》と千鶴《ちづる》は、小さなパーティーを開くことにした。

「本当は、もうちょっといたかったんだけどねえ……」

由紀は何度も繰り返す。それは美紗子たちにしても同じだ。今どきこんなに都心に近くて、四万五千円。2DKお風呂付きのアパートなど、めったにあるものではない。駅からちょっと歩くのが難点だが、バスはしょっちゅう出ている。

オリンピックの年に建てられたというから、確かに古いけれど、間取りは広々としていた。同じ四畳半といっても、最近の四畳半は、ぐっと狭くなっている。友だちの部屋へ行くと、それがすぐわかる。

けれど、このアパートをつぶして、マンションに建て替えるという計画は、もうとうに出来ていたのだ。地上げ屋などと騒がれるずっと前だ。

美紗子は、今から一年以上前、家賃を払いに行った際に、大家から、こう言いわたされていた。

「更新料もいらないし、値上げもしませんよ。そのかわり、来年には出て行ってもらいたいんですよねえ」

千鶴も、同じ頃《ころ》に同じことを聞いて、しばらくはかなり物騒《ぶっそう》なことを言っていたものだ。

「ねえ、友だちに聞いたんだけどさあ、家主の勝手で立ち退《の》きさせる時は、引越料っていってさ、かなりの額のお金が要求出来るらしいよ。私たちもそうしようよ」

いいじゃないの、と言ったのは、三人の中でいちばん年かさの由紀だ。

「こんなに安い家賃で住まわせてくれていたのも、近いうちに取り壊すつもりだったからよ。そうでなきゃ、こんな値段で借りられないわよ。それに家主さん、いろいろよくしてくれたもの、ね……。来年までっていえば、まだたっぷり時間はあるわ。明日出てけって言われてるわけじゃないし、あんまりものごとを大きくするのはよくないと思う」

「あーあ、ボーナスの使い途《みち》、考えてたのになあ」

千鶴は子どものように足をバタバタさせた。

「友だちとさ、ヨーロッパは無理だけど、シンガポールかタイへ行こうって決めてたのにィ、引越し費用で消えちゃうよー」

「来年の十月だったら、ボーナスは三回もあるよ、だいじょうぶ、それまでに貯《た》まるわよ」

あの時由紀はそう言ったけれど、一年はあっという間にすぎた。もう九月も半ばで、アパートの住人の中には、引越した連中が何人かいる。家主の方針で、女しか住んでいなかった。十二室あるうち、口をきいたこともない住人が何人もいたが、こうして一人欠け、二人欠けしていくと、やはり淋《さび》しい。来年から工事が始まることになったので、一か月の延長は認めるという家主の言葉に甘えて、美紗子と千鶴は残留組だ。

「私、ギリギリまでいるわ。ねえ、もうちょっと駅に近いアパート、これと同じような間取りで、六万円以上するのよ。たとえ二ケ月でも差額が浮くじゃないの」

千鶴は大阪の隣り、和歌山の出身なのだが、とてもがっちりしている。人材派遣会社に勤める、二十二歳の娘だ。

美紗子とは部屋が隣り同士で親しく口をきくようになった。美紗子は短大を卒業したばかりで、デパートのエレベーターガールをしている。木曜日の休日を、ほとんど呪《のろ》っていた。このおかげで、普通のサラリーマンとは、全くつきあえなくなったのだ。

いちばん年かさの由紀は、二階に住んでいた。本来ならばそう親しくなるはずはないのだが、美紗子と行きつけの喫茶店が同じで、それから言葉をかわすようになったのだ。渋谷の会社に勤めているということだが、あまり自分のことは話さない。

それでも、二年間近く仲よくつきあってきたのは、由紀のおだやかな性格のためだろう。美紗子と千鶴の会話を、いつもにこにこしながら聞いている。

声をかけると、パジャマに上着を羽織《はお》ってあらわれたりするのだが、手には何か必ず持っていた。

「今日、新じゃがを煮てみたのよ。おいしくないかもしれないけど、食べてみてちょうだい」

「ジャーにご飯があったから、お握《にぎ》りにしたわ。中に入ってるのは、おかかと梅干しをたたいたの」

由紀の夜食は、美紗子たちの歓声のもとになった。太っちゃうなどとぐちりながらも、つい手が伸びるようなものばかりだ。

「由紀さんって、本当にいい奥さんになるね。一人でいるのはもったいないよ」

そんな時、由紀はうふふと低く笑う。千鶴よりふたつ上だから、二十四歳だろうか。北海道生まれということで、色がひどく白い。お化粧をおとしても、アイラインをひいたような睫毛《まつげ》だ。

その由紀への感謝を込めて、そして散り散りになる三人の友情を懐かしんで、今夜パーティーを開こうということになったのだ。

といっても、いつものように美紗子の部屋で、ビールを飲むことになる。違っていることといえば、いつもの由紀の手料理が無いということだろう。彼女はすでにきちんと荷づくりし終えていた。

「ねえ、他《ほか》の人たちも誘ってみない？」

千鶴が突然そんなことを言い出した。日曜日の午後いっぱい、千鶴は不動産屋めぐりをしてきていた。もう手をうとうと思っているの、と美紗子に話す。きっとそのことの感傷もあったのだろう。

「でも、他の人、よく知らないよお」

「だからみんなで、お別れパーティーをするのよ。ビールでも飲みませんかって、声をかければいい。今日は日曜だから、いまみんないるんじゃないかな」

それがいいと、由紀も言い出した。

「二階は私が声をかける。下の階は二人で誘ってみなさいよ」

十二人のうち、三人がすでに引越していた。二人はまだ帰宅せず、一階の端《はし》の部屋の女は、ドアを叩《たた》くと、パジャマのまま出てきた。

「せっかくだけど、カゼが治らないから、遠慮させてもらうわ」

そんなわけで、三人の女があらたにパーティーに加わったことになる。

「本当にいいのかしら」

玄関のところでもじもじしていた女は、坂本晴美《さかもとはるみ》と名乗った。手に缶ビールを五本かかえている。急いで冷蔵庫から持ってきたらしく、まだ水滴がついていた。

ワインを携《たずさ》えてきた女は、小太りで長い髪に特徴がある。

「あ……」

美紗子は声をあげた。

「よく、レンタルビデオ屋で会ってたわ」

「そうね」

工藤美千香《くどうみちか》という名の女は、おかしそうに笑った。笑うと、右の頬《ほお》に恥ずかしくなるほど大きなエクボが出来る。

「あなたって、よくディズニー映画を借りてたでしょ。私、同じアパートの人だなって、その頃から知ってた」

「ほんとお、私、会社に行く時間が、ふつうの人よりも遅いから、ここではなかなか顔を合わさなかったのね」

まずは乾杯といこうと由紀が言った。テーブルの上には、買ってきたフライドチキンや、カマボコや、しば漬けが置かれている。おかしな取り合わせだが仕方ない。好物を並べていったらこうなったのだ。

「坂本さんは、お仕事何をしてるの？」

ビールの泡《あわ》を、紙ナプキンで拭《ぬぐ》いながら、美紗子は問うてみる。晴美は何気ないショートカットだが、えり足のところが不思議なかたちをしている。全体的にあかぬけた様子の娘だ。

「私？〝ウェイブ〟のパタンナーをしてるの」

「ウェイブですって！」

美紗子は思わず大声をあげた。

「私、あそこの服って大好き。でも高いから、まるっきり買えないの。ねえ、ねえ、坂本さんに頼むと、安く買えたりするのかしら」

「少しぐらいならね」

晴美は苦笑している。

「やったーッ、嘘《うそ》みたい。だけどどうして私たち、もっと早くお近づきにならなかったのかしら」

「遠慮があったんじゃない」

美千香が突然言った。

「ほら、あなたたちって、三人でやたら盛りあがっていたじゃない。夜なんか、楽しそうな声が聞こえてた。ああなると、私たちは、ちょっと入りづらくなっちゃうのよねえ……」

そうねと晴美が言いかけた時、ドアがノックされた。最後の一人がやってきたのだ。年は、美紗子よりいくつか年上に違いない。マフラーをしていない首のあたりに、大きな横ジワが走っていた。

「こんばんは、お邪魔《じゃま》かしら。お言葉に甘えて来ちゃったけど……」

そう言って、ビニール袋をさし出す。塩豆とピーナッツが入っていた。

「急なことで、あわてて来させてもらったわ。これは、私の大好物なの」

室田《むろた》真弓《まゆみ》という名で、名前まで芝居がかっていた。

「そうよねえ……。思い起こせば今から三年前、不動産屋さんに、どこかいいところはないかしらって尋ねたのが始まりだったのよねえ」

うっとりと、つぶやく。

「あら、室田さん、三年前からここにいたんですか」

と千鶴は目を見張る。

「私も四年前にここに来たのよ。どうして知り合わなかったのかしら」

「アパートの住人なんて、そんなもんよ。同じ屋根の下に住んでいたって、名前も知らないし、会ったことのない人もいっぱいいる」

「室田さんって、いったい何をしてるの」

晴美が問う。

「よく帰りが遅くなるみたいだけど」

「あら、あら、それでも観察はされているのね」

そして真弓の発案で、まずは自己紹介をしようということになった。

「室田真弓、二十五歳、テレビ局に勤めています」

「ウッソー」

五人が同時に叫んだ。

「そう言いたい気持ちもわかるけど、テレビ局っていっても、働いているのは、女優さんやディレクターばかりとは限らないわ。私は、タイムキーパーをしているのよ」

「タイムキーパー？」

「あのね、タイムウォッチを片手に、時間を見守っているって言えばいいのかしら、時間をうまく配分してやるのよ。もっとも私の場合、まだ駆け出しだから、一本しか番組を持ってないけれど。あの、私って転職組なのよね。ふつうのとこに勤め始めた時、これは違う、こういうものを望んでるんじゃないって……」

「わかるわあ」

歌うように言ったのは美千香だ。

「私もおんなじ。勤めてた時、いつも思ってたもの。私の場所はここじゃないって。もっと違う場所が用意されているはずだって」

「それで今は何をしてるの」

「アルバイターっていうやつ」

美千香は照れたように笑った。

「昼間は電器屋さんに勤めてるわ。それから夜はね、エディタースクールに通ってるわけよ」

「結構うちのアパートって、頑張ってる女が多いんだ。さ、もう一回乾杯といこう」

千鶴が言って、再びにぎやかにビールの栓《せん》が抜かれた。

「こうなったらさ、もうドンチャン騒ぎをしようよ」

「そう、私の両隣りなんて、空っぽになったのよ。夜なんて怖《こわ》いぐらい静か」

「もう今日なんか、何をしたって許されちゃうもんね」

どの女も酒が強かった。美紗子は、料理用に持っていた、日本酒の一升瓶《いっしょうびん》を開けなければならなかったほどだ。

「私、今だから言っちゃうけどさあ！」

真弓がおかしな笑いをうかべながら言う。かなり舌がおかしくなっていた。

「藤原《ふじわら》さんですよねえ？」

由紀は小さく、はい、と言った。

「私、あなたのこと羨《うらや》ましくて、羨ましくって……。だって毎週金曜日ともなると、男の人が訪ねてくるんですもの」

「えーっ、初耳！」

美紗子と千鶴は、思わずビールのグラスを置く。

「由紀さん、私たちにいつも言ってたじゃない。恋人はいないって。もお、嘘つきなんだから」

「本当よ」

由紀は静かに答える。

「恋人はいなかったわ。だけど毎週来る男の人はいたの。だって私、その人のおかげで生活できていたんですもの」

沈黙が流れた。みんな、どう答えていいのかわからなかったからだ。美紗子にとって、由紀は二階の住人だったので、いまひとつ動向をつかめないところがあった。それにしても、男とつきあうことによって、生活できるというのは、どういうことなのだろうか。

「つまり、おメカケさんってわけなの？」

真弓の口調は無邪気さに満ちているが、意地の悪さもはっきりと見透《みす》かされている。

「そうなるのかしらねえ」

由紀はのんびりとした様子を崩さない。

「だけどおメカケさんっていうのは、うんと贅沢《ぜいたく》が許されるんでしょう。私の場合、そうじゃないもの。ギリギリぐらいのお金しかもらってないの」

「そうだったら、こんなボロアパートなんか、住んでいないわよねえ」

晴美が言って、みなはややぎこちなく笑った。

けれど美紗子は、衝撃《しょうげき》からまだ立ち直れないでいる。もうじき由紀と別れる今日まで、彼女のことを何も知らなかったのだ。

年上ということもあって、千鶴のように、お互いの部屋に入り浸るということもなかった。しかし、

「ちょっと降りてこない」

と電話をかけると、いつも快く遊びにやってきた。その日の中に、金曜日が含まれていたかどうか、美紗子はもう憶《おぼ》えていないけれど。

それにしても、真弓というのは、なんていやな女なのだろうと思う。由紀に満座の中で恥をかかせた。いったいどういうつもりなのだろうか。思い出した。うちのアパート

の前に、ゴミ・ステーションがある。みんなの分別の仕方が悪いと、家主さんに文句を言いに行ったのは、確か六号室の女だと聞いたことがある。たぶん真弓のことだろう。

「室田さんに聞いてもいい？」

「はい、どうぞ」

「タイムキーパーやってるってことだけど、なんていう番組してるの？　友だちに自慢できるから、ぜひ教えて」

「それは……」

唇を少し曲げた。

「〝お昼のチャレンジ〟っていう、クイズ番組よ」

「あーら、知ってる。わりと人気のある番組じゃない。今度から私、見てるわ。室田さんの名前もちゃんと出てくるわけね」

「多分、出ていないと思う」

真弓は苦しそうに答えた。

「私、まだ修業中の身で……、その、ひとり立ちしてるわけじゃないから、名前は出ないかもしれない……」

「でもさあー」

「みいちゃん」

由紀が鋭い声を出した。

「初めての人に、つまんない詮索《せんさく》するのはやめなさいよ。それより、私の部屋からビールを出してきてくれない？」

「ＯＫ」

美紗子は立ちあがりしなに、少しよろめいて晴美にぶつかった。

「ごめんなさい」

「あら、いいのよ」

「ねえ、坂本さん、今度ファミリーセールに招待して、お願い。こんなボロアパートに住んでたのも、何かの縁なんだからさあ」

「わかった」

晴美がにっこり笑ってくれたので、真弓のことはもう忘れることにした。

借りた鍵《かぎ》で、由紀の部屋に入った。長いつきあいだったが、ここに来たのは、三度か四度ぐらいしかない。六畳に四畳半、それに三畳ほどのダイニングキッチンがついている間取りは、美紗子の部屋と同じだ。ほとんど荷物は整理されていたが、冷蔵庫、洗濯機などは、プロに任せるのかそのまま置かれていた。

冷蔵庫の扉を開ける。異臭が鼻をつく。中には、発泡《はっぽう》スチロールに入ったままの、刺《さし》身《み》やつくだ煮が、ごちゃごちゃと入れられていた。イカの刺身はすでに変色していた。

由紀が案外だらしない女だということは、美紗子を驚かせた。

「さっきの話、本当なんだろうか」

金曜日に男が来て、テイのいい、おメカケをしていたという話。たちの悪い冗談だと思っていたが、冷蔵庫を覗《のぞ》いたら、そんなこともありえるような気がしてきた。

ありったけの缶ビールをとり出し、冷蔵庫の扉をパタッと閉めた。その時、美紗子は、ふと自分の部屋のドアを思い出した。

みんなが中に、腐ったおかずや、古くした野菜を詰め込んで暮らしている。そしてドアをパタッと閉めて知らん顔をしている。流行《はや》りのコートをまとって、アパートの玄関を出ていく。

誰もお別れの時まで、本当のことを言ったり、見せたりはしないのだ。

二年前の真実

駅は二年前とほとんど変わっていなかった。ただ右側の売店がわずかに広くなり、大きな清涼飲料水のケースが置かれている。その中で手早く週刊誌を並べている中年の女は、もちろん知らない顔だ。

「もう、いいかしら」

運転席の奈美《なみ》は苛立《いらだ》った声を上げる。駅前の道は大層狭く、しばらく停《と》まったままのプレリュードに、さっきから車のクラクションが何度も浴びせられているのだ。

「ごめんなさい。もう行っても構わないわ」

車が動き始めた時、理香《りか》はもう一度謝った。

「悪かったわ、わざわざ成田まで迎えに来てもらったうえに、我儘《わがまま》言ったりして」

「私は構わないけどさ、理香ってやっぱり変わってるぅ」

奈美は路地を曲がるために、歯切れよくハンドルを回す。会わなかった間に、彼女は運転がとてもうまくなり、そして髪が短くなった。

長かった頃《ころ》は、いかにも音大のお嬢さんという感じだったが、ショートカットの今は、どこかのミッションスクールの女教師のようだ。家でピアノを教えているから、あたっていないこともない。

日本人には珍しい、綺麗《きれい》なプロポーションは相変わらずだ。昔からグループの中で、いちばん男の子たちに騒がれていた。きっといちばん早く結婚するだろうといわれていたのに、その栄誉は理香のところへまわってきたようだ。

理香は三ケ月後、東京で式を挙げることになっている。ロサンゼルスから帰ってきたのもそのためだ。フィアンセとは向こうで知り合った。企業留学していた彼は、理香よりも一ケ月遅れて帰国することになっている。慌ただしいスケジュールだから、もともときちんとした披露宴など考えてはいない。春になったら、家族や友人を招待して気軽なパーティーを開くつもりだ。その準備を、親友の奈美は手伝ってくれると言っている。

今日もウイークデイだというのに、わざわざ成田まで迎えに来てくれたのだ。彼女は美人のくせに、骨惜しみしないところがある。

けれどもその奈美も、今の駅前での駐車には、いささか口をとがらせていた。「変わってるわよ、理香ったら。もうじき結婚するっていうのに、どうして北川《きたがわ》君が住んでいたこの駅を見たいなんて言うのかしら」

そうだ、この踏切だと理香は目をこらす。脇《わき》のビルは建て替えられていたが、長く続く信号の音は以前のままだ。夕刻時になると、郊外へと向かう私鉄電車と、回送電車とはしょっちゅうすれ違う。このあたりでは有名な「開かずの踏切」だった。

週末、北川浩《ひろし》のアパートへ急ぐ時、この踏切にどれほどいらついたことだろう。早く米をとぎたい、早くスープに火をつけたいと、いらつく心を茶化すように、信号はいつまでも鳴り続けていた……。

「だって奈美は知っているでしょう。私がどんなに浩のことを好きだったかって」

「はい、はい。憶《おぼ》えてるわよ、毎晩のように電話がかかってきて、ヒロシ、ヒロシだったものね、私なんかいつも、二人にあてられっぱなしだったわ」

「今だから言うけどさ、私、本当に彼と結婚するつもりだったのよ」

奈美はもっと驚くかと思ったが、そうだと思ったわと、ひと言《こと》だけつぶやく。理香はひどく侮辱されたような気がした。

「私たち、まだ若かったけど、自分たちは婚約したつもりだったわ。ほら、私がいつか誕生日にはめていたシルバーのリング……」

「憶えていないわ」

「ううん、ちっちゃいダイヤがいくつも入ってるやつ。奈美、すごく素敵ねって誉《ほ》めてくれたもの、絶対に憶えているはずよ」

理香はいらいらしてきた。

「あれ、一応エンゲージリングの替わりだったのよ。今は安物だけど、就職したらもっといいやつを買ってやるって」

「それ、北川君が留年する前、後」

「前のことよ」

そんなこと、どうだっていいじゃないのと理香は叫びたくなった。

「だから私、知りたいの、二年前、どうしてあんなことになったのか」

浩の夏休みが明日で終わるという夜だった。その頃短大を卒業して証券会社に勤めていた理香は、突然の電話を受けた。どうしても話したいことがある。近くの喫茶店まで来てくれないかと、浩は早口で言った。

両親と暮らしていた理香にとって、夜中に近い時間、外に出ていくことは決して簡単ではなかった。今度の土曜日じゃいけないと問う理香に、浩は強い調子で言ったのだ。

「どうしても今夜中に話したいことがあるんだ」

あの店の様子を、理香は今でも悪夢のように思い出すことがある。気味の悪い熱帯魚が、蛍光灯の光の下、ゆっくりと泳いでいる水槽。めったに取り替えないらしく、水はかなり濁っていた。

そしてひどく青ざめていた浩。初めて聞くようなしゃがれ声で言った。もう会わない方がいいと。理屈ではない。僕の気持ちは冷めてしまったんだと。

「私、忘れてたと思った。浩のことなんかみいんな。でもね、帰ってくる飛行機の中で考えていたのは、どうしてあんなことになったんだろうっていうこと。だから、あの駅を見たいと思ったのよ。毎週土曜日、スーパーで買ったお肉とビールを持って降りたんだもの。本当に、本当に、私、彼に夢中だった」

「理香っておかしい。絶対におかしいわよ」

奈美が小さく叫ぶ。

「いい？　あなたは三ケ月後に結婚するのよ。しかもさ、ちゃんとしたサラリーマンで、ロス崩れの理香なんかにはもったいないほどの男っていうじゃないの」

「ロス崩れはひどいんじゃないの」

「だって本当の話でしょう。理香はさ、浩と別れてすぐ、ロスへ流行《はや》りのOL留学したけど、語学学校なんか一年も続かなかったじゃない。一年前にちょっと帰ってきた時はさ、もう日本人相手のクラブのホステスでもしようかって、べそべそしてたじゃない」

「だけど私、ホステスにはならずに、ちゃんとお勤めしましたからね。ちっちゃい旅行会社だけど」

「同じようなもんよ。最初の目的破れたっていうのはさ。それで普通はそこで身を持ち崩すんだけれど、理香の場合は本当に運がよくって、まともな男と出会った。絵に描いたようなハッピーエンドじゃないの。これ以上何を望むの。昔の失恋に、いつまでもこだわるなんて、私、信じられない」

「そうじゃなくってさ」

うまい言葉が見つからない時、理香はいつも泣きたくなってしまう。

「私、ちゃんとけじめをつけたいのよ。二年前のことをきちんと知りたいの。たぶん、結婚直前の女の感傷っていうやつかもしれないけど、このままにするの、すごく嫌なの。あれっきり浩には会っていないけれど、私は心の中でずうっと考えていたと思う。どうして、あんなめにあったんだろうって……」

「仕方ないじゃない。それが恋愛っていうもんなんだもの」

奈美は腹立たし気にアクセルを踏む。

「ヘンよ。絶対にヘンよ。どうして今頃になってそんなこと言い出すのかしら」

「ヘンでもいいの、私、知りたいの。ちゃんと確かめない限り――」

そこで言葉を区切った。

「私、すっきりした気分で結婚できないような気がする」

倉田《くらた》雅志《まさし》は、以前から太っていたが、二十五歳の今、完璧《かんぺき》な中年体型だ。腹のあたりがせり出していて、ベルトが喰《く》い込んでいる。

「倉田君、随分太ったね」

遠慮のない理香の言葉に、雅志の方もああと答える。

「もう昔みたいに、みんなでスキーに行けないよ」

スキーは雅志の方がずっとうまかった。浩は背の高いわりにはバランスが悪く、雅志はコーチ役だったはずだ。

「北川君とはよく会うの」

「そうでもないよ。就職してからはお互いに忙しくて、年に二、三回飲むぐらいかな」

雅志はさっきから、理香と目を合わせないように必死だ。丸顔の中に沈むような、二重の愛らしい目が、しきりにしばたいている。理香はそのことに勇気を得る。

「ねえ、教えて欲しいんだけれど、浩はあなたに、あの時、どんなことを言っていたの」

「どんなって、どういうこと」

「二年前の夏よ。あなた、しょっちゅう浩のアパートでごろごろしていたじゃない。そう、九月二日、私が彼のアパートに最後に電話した時、倉田が今来ていてビールを飲んでるって言っていたわ」

「九月二日だって。すげえ、刑事のアリバイみたいだ」

「忘れようたって忘れるもんですか。九月の四日に、彼から突然別れようって言われたんだもの。あなただったら知ってるはずよ。浩はその時、何か決心して倉田君に言っていたの」

「そんなァ。二年前のことなんか憶えていないよ」

「嘘《うそ》、嘘。そんなはずないわ、私たちが別れたのって、仲間うちのちょっとしたニュースだったもの、あの頃、私たちいつも六人で一緒だったよね。私と奈美は小学校から高校まで一緒の女子校だったから、あなたたちの学校のサークルへ入れてもらって、とても楽しかった。あの仲間が私のすべてだったわ。浩と別れるっていうことは、あのソサエティから抜けなきゃならないっていうことだった。だから私、すごくつらくて嫌で、ロスへ行ったのよ」

「理香ちゃん、泣いてんのかよ」

「泣いてなんかいない。私、今の季節、鼻がつんとするのよ、それに若くて楽しかった頃を考えるとなんか悲しくなってきちゃう」

「泣くなってば、ほら若い頃なんていって、二年前の話じゃないか」

雅志は太い丸っこい指でティッシュペーパーを取り出した。

「じゃ言うよ、オレもさ、あの時、あれって思ったんだ。九月二日にさ、北川からさんざん、のろけを聞かされていたんだよな。理香ちゃんがしょっちゅう来て、料理してくれたり掃除してくれる。あいつ、結構やるんだぜって……」

「でしょう」

理香は身を乗り出した。

「私、別れる予感みたいなものがあったんだったら、こんなにしつこいことしない。あれって本当に突然だったのよ。いきなり大きなナタで、ばっさりやられたみたいな気分。だから傷は深いの」

「うん、わかる、わかる」

倉田はいつの間にか腕組みをしている。そうすると一層腹がせり出して、本当におじさんのようだ。

「いっそのこと、北川に会ったらどうなんだ」

「冗談じゃないわ、それだけは嫌。それにあの人が本当のことを言うわけないじゃないの」

「わかんないぞ、二年もたっているんだし」

「ううん、あの人は、何か隠してるのよ、あの時も、私が泣いて聞いても教えてくれなかった」

「うーん、九月二日と三日だろう。あの時はオレ、もう勤めてたからなぁ……。二日に会ったって言ってもまるっきり記憶にないしなぁ……。よし、今日家に帰って手帳を見てみるよ。何か思い出すかもしれない」

「お願いね。それから今日私が来たこと、浩には黙っていて」

「もちろん、そんなこと言いやしないさ」

倉田の笑い顔の愛らしさは、以前のままだった。


その夜さっそく電話はあった。

「理香ちゃん、古い手帳を見たらさ、三日のところに、『七時渋谷、ギャラン』北&西って書いてあったんだ」

「〝西〟って西本君《にしもと》のことね」

「そうそう、思い出したよ、なぜ二日の夜に北川のアパートへ行ったか。オレたちを可愛《かわい》がってくれた同級生のお父さんが死んでさ、葬式に行けなかった替わりに、三人でお線香あげに行こうって待ち合わせしていたのさ、だけどオレは急な仕事が入っちゃって行けなくなった。それで前の晩に、お香典を届けてもらおうって、奴《やつ》のところへ行ったんだ」

「わかった。じゃ、九月三日に浩は西本君と一緒だったっていうことね」

理香は西本孝行《たかゆき》の、やや神経質そうな顔を思い出した。西本は例の仲よしグループのメンバーには加わっていなかったが、同級生ということで、時々浩や倉田が連れてきていた。学者肌でとても成績がよかったという彼は、すんなりと有名電器メーカーの研究所に入っている。

「ああ、菊池《きくち》理香さんですね。お久しぶりです。元気ですか」

電話で聞く彼の声はとても歯切れがいい。口の中でぼそぼそと喋《しゃべ》った学生時代とは別人のようだ。ふと理香は、彼と会うのが億劫《おっくう》になってきた。おそらく西本は何も知らないに違いない。会うとなると、浩と別れたこと、その後すぐロサンゼルスへ行って語学学校へ入ったことなど喋らなければならないだろう。

電話ですませた方が、この男の場合は手っとり早いはずだ。

「あの、とってもつまんないことを聞くんですけれど、二年前の夏、北川君と一緒に茂《も》木《ぎ》さんというおたくへ行きませんでしたか」

「茂木……ですか。彼の家へはよく行っていたから、いつと言われても……」

「あの、茂木さんのお父さんが亡くなられて、北川君と二人、お線香をあげに行った時のことなんですけれど」

「ああ、あの時のことだったらよく憶えていますよ」

「その茂木さんのおたくに、遅くまでいたんですか」

「いや、九時頃には失礼して、彼のうちは横浜だったから、二人で駅前で飲みました」

彼は何かの実験報告のように淡々と喋る。

「それで二人はすぐに別れたんですか」

「いいえ、その時北川が、近くに友だちがいるから呼んでみようって電話をしましたよ。彼女は横浜に住んでいたみたいで、三十分ぐらいでやってきました」

「彼女っていうと……」

やっと手がかりになるものが見えてきた。

「その友だちって女だったんですね」

「ええ、とても綺麗な人でしたよ。北川の奴、僕に会わせるつもりだと言っていました。だけど僕は途中で帰りましたよ」

西本がこういうことに鈍感な男だということが救いだった。彼の声には揶揄《やゆ》もためらいも全く含まれていない。

「えーと、僕が三回か四回会ったことがある人でしたよ。確かあなたと一緒の時でした」

「何ですって」

「ほら、一度うちのクラスのコンパの後、あの時にもいましたよ。髪が長くて目が大きい人です。えーと、名前は忘れちゃったなぁ」

どうもありがとうございましたと、理香は電話を置いた。

本当に理香って変わってるわよ。どうして二年前のことなんかほじくり出そうとするの。私、あの時ぞっとしちゃった。あなたの執念によ。私にわざわざ成田まで迎えに来させてさ、そのうえちょっと遠まわりして、あの駅を見たいって言った時よ。

あなたって女のくせに、とっても強引なところがある。自分の感情にいつも人をひきずり込むのが得意なの。北川君と恋をしていた時、毎晩うちに電話をしちゃ、あれこれ打ち明けてたわね。他愛のないことで、死にたいって言ったり、彼の気持ちがわからないって泣いたり……。

でも私、そんなあなたが嫌いじゃなかった。私とはまるっきり違う性格だけれど、おもしろい人だなぁって思ったりしたこともあるわ。

そしてあなたってとても不思議なの。そんなに美人でもないのに、昔からとてもモテた。ううん、モテたっていうよりも、自分が欲しいと思う男の人は、絶対に自分のものにしてみせるって宣言して、ちゃんとやっちゃう人なのよ。

北川君のグループに入れたのもあなたのおかげよね。あなたがどうしてもあの大学の男をボーイフレンドにするのよって言って、二人でサークル募集に応募したわよね。

こんなことを言うのは自慢たらしいけれど、昔から男の人たちはいつも私をめぐって牽制《けんせい》し合うの。その結果、私はいつまでもひとり。

だけどあなたは違う。ピカイチの、これっていうのを見つけると、さっさと接近するのよね。私にはデブの倉田を押しつけて、ダブルデイトしても平気な人だったわ。

でも私、そんな理香が決して嫌いじゃなかったわ。あの夜まではね。

西本君が帰って、私と北川君はいつまでもスナックにいた。あなた抜きで二人で会うのなんか初めてだったのよ、何だか私、嬉《うれ》しくなってね、いつまでも引き止めておきたくなった。そして東京行きの最終が無くなって、彼はごく自然に、私のうちに来ることになった。ご存知のとおり、両親はシンガポールに赴任してた時よ。

私、初めてだったのよ、理香にはずうっと嘘ついてたよね、音大の同級生とすませたって。あれは嘘。音楽大学の男の子に、寝たくなるようなコはいなかった。

私、泣いたわ、わんわん、わんわん泣きじゃくった。もちろん悲しいからじゃない。嬉しいのや、友だちの恋人と寝ちゃった後悔やらで、ごっちゃになっていたのよ。でもね、北川君はおろおろしちゃって、どうしたらいい、どうしたら泣きやんでくれるって私に聞くの。だから私、言ってやったわ。

理香と別れて。そのうちに、なんていうのは嫌。明日必ず言ってちょうだい。もう会わないようにしようって。そうでなけりゃ、私はこのままずっと泣き続けてやるって。しばらくしてから北川君は、わかったって言ったわ、で結果はあなたの知っているとおりよ。彼は本当に誠実な人よね。でも私たち、それきりつき合うことはなかったわ。私のこと、恨んでもいいわよ。でもそう決めたのは北川君よ、すべて彼がしたことなのよ。そのことをちゃんとわかってあげなきゃ、あなたはいつまでたっても昔のままよ。人の心をきっちり色わけしなきゃ、気のすまない人のままよ。

理香さん。

正直言って昨夜はびっくりしました。突然君がやってきたのですから。僕はあの時、うまい表現が出来なかったので、この手紙を書いています。

真相がわかったから、婚約を解消すると君は言いましたね、そしてもう一度二人でやり直そうって。

そういうことを堂々と言えるのが、君のいいところです。いつも自信に満ち、そしてすぐ行動に移せるのです。君がさっさとロサンゼルスへ行った時、僕は感嘆し、そして安堵《あんど》しました。あの決断は間違っていなかったと思ったからです。

　奈美さんがどう言ったか知りませんが、あの時別れを決めたのは僕です。そして今さらこんなことを言うのは君に酷だと思うけれど、はっきりと言います。奈美さんとのことはきっかけにすぎません。いくらなんでも僕はそんなにやわな男じゃない。

　あの頃、君はよく言っていましたよね。

『私たち、結婚するのよね、きっとするのよね』

　僕はいつのまにか君の言葉に動かされ、本当にそうだと思うようになっていきました。けれどもある日、突然わかったのです。僕たちはこれ以上一緒にいてはいけないんだって。本当に突然です。うまく説明出来ないけれど、心からそう思ったんです。君にはわかってもらえないかもしれないけれど、人の感情ってそういうものなんです。ある日ストンと落ちることもある。多分、本当のことを言ったら、君は僕のことをなじったでしょう。おそらくずうっと、ずうっと。もう駅で待っていたりしないでください。もう時間を元に戻すことは出来ません。君は出来ると思っているかもしれませんが、それは不可能なんです。それをわかってください。

北川浩

女優の恋人

「本日発売」と書かれたプレートの下に「週刊東都《とうと》」は積まれていた。新聞社系の週刊誌で地味な記事が多いから、売れ行きはそうかんばしくない。同じ日に発売された週刊誌はすっかり減っている中で、「週刊東都」だけは、未《いま》だに高いままだ。あたかもどこかの地方都市の、低い建物の中に出現した高層ビルのようである。

河口俊彦《かわぐちとしひこ》はその最上階を手に取り、めくってみる。

「グラビアよ。開いてすぐのところにある『現代の美女百選』というところだからすぐにわかるわ」

衿子《えりこ》も嬉《うれ》しかったのだろう、五日前に会った時も何度も念を押した。

「来週号だからね、忘れずにすぐに見てよ。絶対よ」

衿子は少し鼻にかかった声に特徴がある。それは誰しも気づいているらしく、グラビアの文章を書いているコラムニストが、こんなタイトルをつけていた。

「声までも甘く熟《う》れている女」

まず衿子の顔のアップがある。いつもよりはるかに濃い化粧をし、カメラの方を睨《にら》みつけるように見ている。けれども文句なく美しかった。次のページは和服をまとった衿子が、しどけなく足を崩して座っている。赤い蹴出《けだ》しからのぞいている足はすんなりとして、しかもかたちがいい。親指から小指にかけてこれほど綺麗《きれい》な斜めのカーブをしていただろうかと俊彦は思う。けれどもそれはすぐに調べればいい。今夜か明日は無理としても、俊彦は彼女の裸の足首をつかみ点検することが出来る。なぜならば俊彦は深沢《ふかざわ》衿子の恋人なのだ。

深沢衿子はトップスターというわけではないが、まあ人気女優の範疇《はんちゅう》には入っているだろう。二時間ドラマの準主役といったところで重宝《ちょうほう》がられている。今から六年前、二十歳の女子大生だった衿子は、化粧品メーカーのキャンペーンガールとして脚光を浴びた。ずぶの素人《しろうと》が突然、その春の主役となったのだからマスコミがほうっておくはずはない。

大学のミスコンテストで目をつけられた経歴などがかなり脚色され、まるで現代のシンデレラのようにいわれたものだ。雑誌の表紙を飾り、さまざまなインタビューや対談に出た。知的さと愛らしさがいり混じった、まるで妖精のような魅力と書きたてたところもある。

けれども衿子は年齢的なこともあり、アイドルのままではいられなかった。事務所の方針で、正統派の女優の道を歩むことになったのだが、これはモデルの時のような爆発的人気というわけにはいかない。妖精のような、といわれた衿子はシリアスな演技となると、どうもおかしなことになる。何度注意しても本人が照れているのが画面に伝わってくるのだ。

「お前は結局ただの素人の人気者で終わってしまうのか」

とマネージャーに言われ、心を入れ替えたというのは後の衿子が語ったことだ。

「よぼよぼのロッカールームのおばさんにまで挨拶《あいさつ》してね。とにかくみんなにひきたててもらえるように頑張ったの」

とはいうものの衿子の顔が案外平凡だということに皆が気づき始めた。美形は美形として、目鼻立ちは整っているのだが、この業界にはよくある顔だ。何人かの中に埋もれやすいと、事務所の社長に言われたという。その予想はあたっていて、それからの衿子は決してトップの座につくことは出来なかった。何度かいいところまでいきかけたのだが、そこにも長くとどまっていられない。そのうちに月日はたち、衿子を初々《ういうい》しい女子大生から中堅の女優にした。

「中堅なんていう言葉、大っ嫌いよ」

以前衿子は語ったことがある。

「サラリーマンの世界に中堅はあるかもしれないけど、女優が中堅なんていわれるようになっちゃお終《しま》いよね。地味で便利がられているけど、決してトップのスターにはなれないっていうにおいがぷんぷんするじゃないの」

俊彦は衿子のこういうもの言いが好きで好きでたまらない。俊彦がサラリーマンになりたての頃《ころ》、デビューしたての衿子は、よくコメンテイターとして雑誌に登場した。女子大生タレントとしての毒舌ぶりが面白《おもしろ》いというのだ。けれども時間はあっけなく、衿子をインパクトのある若者代表という立場から、それこそ彼女の嫌いな〝中堅女優〟という立場に変えてしまったようなのだ。

とはいうものの、衿子が女優であることに変わりはない。女優。その言葉の持っている華《はな》やかな力強さといったらどうだろう。並の男ならばすぐに圧倒され、ふらふらになってしまうに違いない。

俺は並の男ではないから、衿子と愛し合うことが出来るのだと俊彦は自分に言いきかせる。そうでもしないと、自分が卑屈になってしまいそうだ。

普通女優とつき合う男といったら、昔から青年実業家か、同じ業界の男と相場は決まっている。せいぜいがCMを扱っている広告代理店の連中だろう。俊彦は医薬品会社に勤めるごく普通のサラリーマンである。大学を卒業した後、ボストンの大学院に二年間ほど企業内留学したことが、変わっているといえば変わっているかもしれない。俊彦は関西のある有名国立大学を卒業していたから、自分はエリートだという自負は確かに持っていたが、それを増長させたのは会社だと思う時がある。昔は名門といわれたものの、今ではすっかり大手に差をつけられた感のある会社で、俊彦は最初から目立っていた。

上司から何かと気を使われ、その頃出来たばかりの企業内留学制度も勧《すす》められた。はっきりと早めに、選ばれた者の道を歩めということらしい。

二年間の留学生活は大層楽しかった。大学院にはやはり会社から派遣された日本人留学生が何人かいて、彼らとのつき合いは未だに続いている。一ケ月に一度集まり、勉強会を開こうというアイデアは誰のものだったか憶《おぼ》えていない。しかしそれは意外なほど長く続いて、会員以外の人間も集まるようになった。衿子と出会ったのもその勉強会である。

「実は深沢衿子って私の高校時代の同級生だったのよ」

とっておきの秘密を打ち明けるように言ったのは、証券会社でディーラーをしている川村祐美《かわむらゆみ》という女性だ。たちまち男たちから歓声が湧《わ》き、すぐに連れてくるようにと口々に皆は叫んだ。

女優というから派手な格好をしてくるかと思ったが、衿子の着ていたのは淡い色のスーツだ。化粧も普通の女より薄い。ただ肌の美しさが、祐美とはまるで違っていた。たった今、冷たい水で顔を洗ってきた、というような冴《さ》え冴《ざ》えとした肌だ。それが特徴の、やや鼻にかかった声も俊彦には好ましかった。

「私を初めて見た時、あなたって随分つんとしていた」

というのは、後にさんざん袊子から責められた時の決まり文句だが、本当にそうだったかもしれないと俊彦は思う。目の前に湯気のたつうまそうな料理が運ばれてきたのに、それを我慢しなくてはならない気分とでもいうのだろうか。目の前にいるのはとびきりの美《い》い女なのに、口説く自由が許されていない。相手が女優だからだ。だから俊彦は不機嫌になった。ここまでは世の男と一緒だ。しかし俊彦が彼らと違うところは、不機嫌さをそのままにしなかったところだろう。俊彦は果敢に袊子に対して求愛を始めた。勉強会のほとんどの男たちは彼のことをさんざん冷やかしたり、呆《あき》れたけれど、俊彦はやりとげたのだ。

その成果が、週刊誌のグラビアに載《の》っている、この白い脛《はぎ》を持った女なのだ。今もひとりの男が俊彦の目の前で「週刊東都」を買っていった。

袊子の写真はとても美しい。男はため息をつき、じっくりと眺めるに違いないと考える時、俊彦はほとんど恍惚《こうこつ》に近い感情を持つ。出来るならば男を追いかけていってこう教えてやりたい。

「お前がさっき立読みをして、いやらしい目つきで見ていた深沢袊子は、俺《おれ》の女なんだ。俺だけが自由に抱ける女なのだ」

が、もちろん俊彦はそんなことはしない。ただもう一度ゆっくりとページをめくるだけだ。が、そうしている間にも、「週刊東都」に手を伸ばす男は何人かいる。俊彦は次第に自分の股間を中心に、かすかな痺《しび》れが来ていることを感じた。水面に液をたらすように、それはある一定の間隔を持ってひろがっていく。

それは陶酔というものだとやがて俊彦は気づいた。

女優を恋人に持っている男は、いくつかのことに気を使わなくてはならない。ひとつは電話をかける時間だ。夜の十時だからちょうどいいだろうと、プッシュボタンを押すと、

「はい……」

しばらくしてから、老婆のしわがれ声のようなものが聞こえる。

「おい、聞いているのかよ」

「私、眠いの……」

やっと言った。

「昨夜、徹夜のロケがあって、さっきやっと寝ついたところなのよ」

こんなことは珍しくない。だからほとんどの場合、衿子からの電話を待つことになる。

その他《ほか》にも二人の仲を他人に言いふらさないこと、撮影の前の日に、痕《あと》が残るほど激

しく愛し合わないことなどがあるが、最も重要なことは、他の女優を決して誉《ほ》めてはならないことだろう。

友人に誘われ邦画の新作を見てきた俊彦は、その流れから主演女優の容姿について、つい口をすべらせてしまったことがある。

「牧原奈代《まきはらなよ》って、いったいいくつになるんだろう。年増《としま》が無理をして、やたらと若づくりしてるのとはまるで違うんだ。肌なんて、こうピカピカしているしさ、いかにも大人のいい女っていう感じなんだよなあ」

「あたり前じゃないの」

衿子は怒鳴った。

「あの人、もう何十回って言っていいぐらい整形手術をしているんだから。特にここんとこは、皺《しわ》取りのすごくうまい病院に行ってるのよ」

衿子の薄くかたちのよい唇が、ギュッと〝への字〟になる。

「本当に冗談じゃないわよ。あの女なんかほとんど売春婦じゃないの。あの女が寝たプロデューサーだの、ディレクターでそれこそテレビ局がひとつ出来ちゃうぐらいなんだから。それなのに、しょっちゅう〝いい女〟の代表みたいに言われてて、あなたみたいに信じちゃうお馬鹿さんもいる。嫌になっちゃうわ。笑っちゃうわね」

こういう時の衿子の喋《しゃべ》るスピードといったらすさまじく、発音は極《きわ》めて明瞭になる。いつもは鼻に寄り道していた声が、まっすぐ舌を通過しているようだ。しかしこういう勝気さも俊彦は嫌いではない。

「私思うわ。私がもっと育ちが悪くて、ちゃんと大学を出ていなかったら、あの人たちみたいになれた。もっと売れっ子の女優になれたかもしれないってね」

衿子の父親は小さな工場を経営しており、彼女はエスカレーター式の贅沢《ぜいたく》な私立校に通っていた。勉強会のメンバーである祐美とはそこで一緒だったのだ。「お嬢さま女優」だの、「知性派」という形容句がまだたまにつけられることがあり、衿子はよく反ぱつしてみせるが、実はそう嫌っていないことを俊彦は知っている。

なぜならインタビューされる冒頭に衿子はよくこんなふうに言うからだ。

「デビューの時から〝お嬢さま女優〟と言われてとても腹が立ったの。これを乗り越えることから私のすべてが始まったって言ってもいいわ」

「お嬢さま女優」と自分で言う。

そして今、目の前にいる衿子は、これと同じ驕慢《きょうまん》さで、肩をつんとそびやかせている。

「全く私、信じられない。牧原奈代がいい、なんていう男がどうして私とつき合うわけ？　ねえ、どうして私とこんなふうにして会ってるわけ？」

こんな時、どういうふうにふるまえばいいかを俊彦は知っている。ご免、ご免と謝罪しようものならば、衿子はますますいきりたつに違いない。声のトーンは高くなり、鼻への寄り道どころでなく、言葉はいくらでもすごいスピードで湧いてくる。以前祐美が苦笑しながら言った「すごい我儘《わがまま》だった」少女時代の衿子を、俊彦はたやすく想像出来る。けれどもそれはかすかな微笑を彼にもたらす。

衿子のこの我儘ぶりは女優のそれではなく、生まれつきの筋金《すじがね》入りのものなのだ。普通の女の持っているかなり強度なものなのだという認識は、俊彦をどれほど安堵《あんど》させるだろう。

俊彦は伝説的に巷《ちまた》に流布《るふ》されている、女優のいびつさにとてもおびえていた。それがどういうものかよくわからないが、自分が全く直視出来ないものだと思う。それに較《くら》べれば衿子のこの言動はアマチュアのものだと思う。だからたまらなく愛らしい。

「仕方ないだろう」

俊彦は大きな声を出して衿子を睨みつける。彼女が実は自分のこういう表情に魅《ひ》きつけられるということがわかったが、最初は本当にまぐれだった。全く女優とつき合うくらい、マニュアルどおりにいかないものがあるだろうか。

「仕方ないだろう。最初会った時から理恵子《りえこ》に惚《ほ》れてしまったんだから」

玲子の本名を強く発音しながら、俊彦は彼女の肩を抱く。理恵子という名前は野暮《やぼ》ったく聞こえるし字画も悪いということで変えたらしい。けれども俊彦は、理恵子という名の方がずっと気に入っている。なぜならばこれを口にすることが出来る男は、おそらく数少ないはずだ。

「父と兄、それと同い年の従兄《いとこ》ぐらいかしら」

「昔の男はどうなんだ」

「人によりけりね」

玲子は澄まして言う。

「芸名で呼んだ方が興奮するっていうのもいたけれど、たいていはあなたみたいに本名で呼ぶのが好きみたい」

「お前って嫌な女だな」

「そうよ、嫌な女だもの」

ベッドに入る前のこんな会話を玲子はとても好む。嫌な女だとか、生意気な女だと俊彦が叱ると、ふんと鼻で笑ってみせるけれど、目は早くもうるみ始めている。その目と玲子のある部分とがほとんど同じ現象を起こすことを俊彦は知っている。玲子は教えてくれなかったが俊彦は気づいた。

「お前は淫《みだ》らな女だ」

衿子はそうよと言ってくっくっと笑う。赤い舌がちろっとのぞいて呆《ほう》けたような表情になる。衿子は実生活の方がはるかに色っぽい。色気に欠ける女優と評され、それが彼女がいまひとつ伸び悩んでいる原因なのだ。先日のように週刊誌のグラビアに登場しても、かなり無理しているようだと皆に言われたという。

「そりゃ、そうだよ。奴《やつ》らはお前がこんなにエッチでいやらしい女だということを知らないんだから」

俊彦は衿子の手首を乱暴につかむ。衿子のからだの中で、女優であること、普通の女と違うことを主張しているもののひとつは手首だ。俊彦は女の手首が、これほどきゃしゃなものだとは知らなかった。腕時計がたっぷりあまる。衿子はプラチナと金の細いブレスレットを幾重もしているのだが、それはどこか遠い国の奴隷のようだ。金で買われる女。全裸で市場に並べられ、口をこじ開けられて歯を調べられる女。

衿子はベッドの中でもブレスレットをはずさなかったから、それは俊彦の背中でかちかちと音をたてる。

かちかちかち……これは少年時代聞いた夜まわりの音に似ている。かちかちかち、火の用心、かちかちかち。俊彦の住んでいた山陰の町では、冬になると若者たちが交替で夜まわりに出るのだ。

その音が通り過ぎた後、きっかり十二時になると襖《ふすま》が開かれ、ミルクティと菓子の盆を持って母親が現れる。ミルクティには必ず肉桂《にっけい》がついている。当時あんなしゃれたものをどうやって母親が工面していたか不思議だけれど、とにかく毎夜紅茶の受け皿に置かれていた。東京の女子大を出た母親は、昔から人と違う特別なことをするのが大好きだった。

受験頑張ってちょうだいね。俊彦ちゃんはこのあたりの子どもとは違うんだからね。勉強ばっかりじゃないわ、品というものが違います。いい？　勉強しないとこの町に残ることになるのよ、青年団に入って、こんな寒い夜、拍子木《ひょうしぎ》を持って歩かなくちゃならないのよ。かちかちかち、火の用心ってね。そんな人生嫌でしょう。だから頑張ってね……。

「あーん」

衿子は長くひきずるような声をたてる。俊彦がさまざまなことに思いをめぐらせ必死でこらえているのに、そのリズムに合わそうとしない。自分勝手なクライマックスを楽しみ、そしてひしと俊彦にしがみつく。しばらく荒い息をしていたかと思うと、後はけろりと話しかける。

「ああ、私なんだか、とっても幸せよ」

「そりゃそうだよ。俺がこんなに愛してやったんだからな」

これも衿子の喜ぶ言葉のひとつだ。

「そうなの。私、仕事がイマイチでもいいわ。西村真紀《にしむらまき》みたいに賞をとれなくたっていいの。奈代みたいに、原作者の作家やプロデューサーと寝まくらなきゃ主役をとれないんだったらそれもいいわ……」

「えらくおとなしいな」

「本当にそうよ。私、好きな人がいて、好きなこと出来るぐらいのお金があれば後はいらない。後は年に一度か二度、いい仕事が出来ればね……」

そしてつぶやきはいつのまにか寝息に変わっている。愛し合った後、衿子は異様なほど寝つきがよくなるようだ。さっきまで話をしていたかと思うと、もう意識が失《な》くなっている。勝手な奴と思いながら、俊彦はもう何度プロポーズの言葉を言いそびれたかを考えている。衿子が眠りにつくこの瞬間なら、それらの言葉が口に出来るような気がするのに、彼女はあまりにも早く眠ってしまうのだ。

フライデーやフォーカスは大丈夫かと心配してくれるのは鶴田浩行《つるたひろゆき》だ。彼も「勉強会」のメンバーで商社に勤めている。背が高くてどこか垢《あか》ぬけた浩行をライバルとして最初俊彦は密《ひそ》かに警戒していたのであるが、彼は二年前既に婚約していた。今は生後三ケ月の女の子の父親だ。

「だけどまさか、お前みたいな普通のサラリーマンが女優とつき合ってるなんて、誰も思わないだろうな。お前が彼女にアタックしてる最中も、うまくいくはずないって俺たちは思ってたんだから」

俊彦はすべてを打ち明けた時の、浩行の表情を忘れることが出来ない。それは二十七年間生きてきたうちの、何番めかの快感というやつだった。実は俊彦のことを憧《あこが》れの女優に挑戦する、いわばピエロ役だと信じていたのに、週に一度は彼女の部屋に泊まっていく仲だと聞いて、浩行はしばらく言葉がなかったものだ。驚きは嫉妬《しっと》を伴《ともな》う好奇心となり、会えば二人のことをしつこく聞きたがる。

「おい、お前だってサラリーマンだろう。ある日、写真週刊誌に大きく写真が載るようになったら困るだろう」

「いや、その点、彼女は大丈夫だと言っている。テレビ局のディレクターまでがボーダーラインで、あちらは準芸能人とみなされる。顔が出ることがあるそうだ。だけど俺たちみたいな素人は大丈夫と彼女は言っている」

「目のあたりに四角い黒い目かくしをやって、Aさん、というやつだな」

「そして必ず、〝某大企業のエリートサラリーマン〟というやつがつく」

二人は同時に笑った。

「だけど、お前だから言うんだけど」

笑いの余韻《よいん》が、いつもより俊彦を素直にさせる。

「どうして彼女が、僕を選んだのか、僕とつき合っているのかわからない時がある」

「随分気の弱い奴だな」

「本当さ。彼女が望んでいるものを、俺は何も与えてやることが出来ないんだからな」

「いや、そんなことはない。彼女は……」

浩行は目の前でグラスを磨いている男に、ワイルドターキーをもう一杯と注文した。

いつかしら衿子のことを話す時は、必ず代名詞で言う習慣が二人の間で出来上がりつつあった。

「祐美が言うには、彼女は昔から多少、見栄っぱりのところがあるそうだ。見栄っぱりといっても、まあ、あそこの女学生が普通に持つ程度だがね。高校生の時から、パーティーや大学祭に行くならあの学校って決めてたそうだ」

「いわゆるブランド志向というやつだな」

「そうだ。俺は思うんだが、彼女はずっとそれをひきずっているんじゃないかな。つまり芸能界にいても志向は俺たちの方に向いてる。自分で言うのもなんだが、エリートサラリーマンっていうやつだ。お前は確かに彼女の虚栄心をくすぐる何かがあるんだ。相手が芸能人ではなく、一流大学を出たサラリーマンということで彼女は満足しているんだ。だから安心しろよ」

「そうだろうか」

その夜の勘定は俊彦が払った。二人で師走《しわす》の街に出ると、クリスマスの半月前だというのに、早くも浮かれ始めた人々が、花束や風船を持って通り過ぎる。何かのパーティーの帰りなのだろう。女たちは黒いコートの下に、キラキラ光るラメのドレスを着ていた。

「クリスマス・イヴ、彼女と一緒なのか」

「いや、ドラマの撮《と》りで――」

うっかり業界用語を使ったことを、俊彦は少し恥じる。まるでそこらによくいる、芸能人大好き男のようではないか。

「ドラマを撮影しているから、その日は半徹夜なんだそうだ。俺と過ごすのは二十五日になる」

「大学生みたいに、ホテルで乾杯ってやつか」

「まさか、そんな目立つことはしない。彼女と時々いく小さなイタリアンレストランへ行って、それから多分、別々に離れて彼女のマンションへ行く。そこでもう一回乾杯する」

「なんだよー。お前、畜生《ちくしょう》、畜生」

浩行は奇声と共に、俊彦を突然後ろから羽《は》がい締《じ》めにする。

「お前と俺なんか、どこも変わってないじゃんか。俺の方が背高いし、いい男だぜ、誰が見ても。それなのに俺ときたらよ、子ども生んですっかりおばさん体型になった女なんだぜ。それなのにお前ときたら……」

「離せ、離せよーッ」

男同士のじゃれ合いは、暮れの盛り場では珍しいものでなかったから振り返る人もいない。しばらく俊彦をこづいた後、浩行はぜえぜえと息をしながら、ガードレールの上に腰をおろした。

「お前よー、今目の前歩いてくいろんな人間に、大声で言いたいだろう。俺は深沢衿子とつき合ってるんだぞーっ、衿子と寝てるんだぞーって」

「ああ、言いたい」

「畜生、畜生。それでよ、お前らはせいぜい彼女の写真見て、マスターベーションでもやれよな。俺はしたい時に本物としてるんだぞーって、言ってみたい時あるだろ」

「言いたい」

「畜生、畜生。だけど言えないのってつらいよな。言ったら、ほら、あの男と一緒になっちゃうじゃんか。なんとかっていう女優と寝たって、週刊誌にペラペラ喋っちゃう男」

「まさか、あんなこと、拷問《ごうもん》されたってするもんか。俺だってそれなりの立場っていうもんがある」

「だからこそさ、彼女はお前を選んでるんだろうな」

「ああ、俺は言わないよ。お前ぐらいだ。本当のことを話すのは」

真実を言えば、大学時代の友人三人ほどに喋った記憶はあるが、彼らはそれぞれ京都や博多に住んでいるので漏《も》れる心配はない。

「だけど、そういうのもつらいかもしれんな」

浩行はしみじみと言った。

「つき合ってる女のことを、男っていうのは自慢したいもんじゃんか。ひと言《こと》も言えないっていうのは、それが拷問みたいなものかもしれんな」

拷問かと俊彦はつぶやく。もしこれが拷問だとしたら、自分はなんと甘美な拷問にあっていることだろうか。

「昔よ、蜜《みつ》をいっぱい塗って、虫を体中にたからせる拷問があったっていうじゃんか」

「お前、ヘンなことに詳《くわ》しいな」

「だけど、虫が好きな奴がいたかもしれない。そういう奴にとって、虫が体中にたかるのは、決して拷問じゃなかったんじゃないか」

「なんだい、本当にヘンなやつ」

ネクタイを締め直しながら俊彦が言った。


二十五日というのは不思議な日だ。店によってはクリスマスの飾りつけを取りはずしている。けれども人々はまだ意地汚くクリスマスの思いを昂《たか》まらせて、プレゼントの包みを手にした人々はせわしなく通る。

渋谷のファッションビルで、俊彦は指輪をひとつ買った。プチダイヤが入ったそれは十七万円で、エンゲージリングというには安すぎ、ファッションリングというには高すぎる。俊彦はこれをステディリングとするつもりだった。今まで衿子に高価なものをプレゼントしたことはない。食事代や酒代で手いっぱいということもあったが、衿子がそれを欲しがらなかったからだ。けれども今年はそんなわけにもいかないだろう。

わかったことがひとつある。自分がプロポーズ出来ないのは、衿子が早く寝入ってしまうからではない。勇気がないからだ。もしそれを口にしてみて、すべてが終わることがこわいのだ。

「馬鹿ね、そんなこと考えてたの。信じられない。どうして私があなたと結婚しなきゃならないの」

まさかこんなことを言われるはずはないと思うが、人生でいちばん残酷な場面や言葉を考えておいた方がいい。女優とつき合う条件のひとつだ。

そうしながらも、自分は女優のいい夫になれるだろうかと俊彦は考える。学歴はあるが金はない。収入は彼女の方がはるかに多いだろう。しかしそれを気にしないプライドというものを自分は持っている。子どもの頃から培《つちか》われてきた、ひややかな固い感情。もしかしたら衿子が愛しているのは、この部分かもしれない。

その時、ホテルのベルボーイが、鈴を鳴らしながら、ボードを高く掲《かか》げてラウンジに入ってきた。

「河口さま」

待ち合わせの時間を大幅に過ぎた衿子からに違いない。赤坂の森の中にあるこのホテルは、衿子が今いるはずのテレビ局からかなり遠い。

「あのね、私。私、どうしても今日行けないわ」

「どうしてだよ。前から決めていたことじゃないか」

ポケットではなく、アタッシェケースに指輪は入っているはずだが、なぜか上からおさえた。

「大変なことが起こったのよ。今、私がそこに行ったらあなたに迷惑かかるわ」

「なんだよ。いったい何が起こったんだよ」

「言いたくないわ」

ふてくされて、というよりも、怒りのために衿子はガムを吐き出すような口調になる。

『夕刊ニチニチ』を見ればわかるわ。でも私のことを怒ったりしないでちょうだい。うちの事務所が本当にバカだから記事をおさえられないのよ。だから、こんなことになんのよ」

「なんだよ、いったい!」

電話はそこで切られた。あたりを見わたす。ラウンジには朝日と日経の夕刊があるだけで、そのスポーツ紙は、地下の売店に行かなければならないとボーイは言った。

スタンドに青い字で、衿子の名が躍《おど》っていた。

「深沢衿子、不倫のイヴ。お相手はかねてより噂《うわさ》の、妻子ある大物プロデューサー」

二人が、男が借りているマンションに入っていく写真が出ているが、ぼやけてよく見えない。ただ玄関の逆光に立つ、衿子の美しい足に見憶えはある。

こんな綺麗な足を普通の女は持っていない。彼女は女優だからだ。

俊彦は自分が今これに耐えていけるか問うてみた。よくわからない。怒りなのか憤《いきどお》りなのか、それとも困惑なのか、自分の今の感情を見定めることもできない。その時、虫の羽音《はおと》を聞いたような気がした。たっぷりと蜜を体中に塗られた自分の元に、たくさんの虫がやってくる。

彼と彼女の過去

成田《なりた》と千晶《ちあき》が結婚するらしい、というニュースを聞いたのは、編集者の影山《かげやま》からで、場所は麻布のスタジオだった。

　モデルが到着するにはまだ少し時間がある。モデルといっても、今日はかなり人気の出始めた若いタレントだ。インタビュー記事に添える写真のためにスタジオ入りすることになっているのだが、プロのモデルと違ってぎりぎりの時刻にやってくるに違いない。私はアシスタントに命じ、その日着せる洋服にすっかりアイロンをかけ終わった。影山も昼の弁当の手配などこまごましたことを済ませ、スタジオの隅のテーブルに座った。まだ照明を決めかねているカメラマンを見ながら私たちはゆっくりとコーヒーをすすり、とりとめもないお喋《しゃべ》りをした。影山は私とは最近のつき合いだが、あまり業界の噂《うわさ》話をしないところが気に入っている。彼は最近凝っているスキューバ・ダイビングの話を始め、この間の正月は仲間でサイパンへ潜りに行ったと言った後、唐突に成田の名前を出したのだった。

「そういえば、成田さんがやっと年貢をおさめる、って知っていましたか」

　まだ三十になったばかりの彼が古風な言いまわしをしたので私は笑うふりをしたが、少しぎこちなくなったかもしれない。驚きが唇の端《はし》で凍りついたままになった。しかし影山はそんなことに気づかないようで、成田という名前を舌に乗せたことで急に活気づく。

「僕、このあいだも六本木で会ったばっかりなんですよ。いつもみたいに、モデルだか素人《しろうと》だかわからないような女の人たちを連れて、にぎやかに飲んでましたよ。あの時、結婚するって知っていれば、ちょっとからかえばよかったかなあ」

彼の口調には親愛と尊敬が溢《あふ》れている。私から見れば成田というのはまるで出《で》鱈目《たらめ》な男だが、若い編集者には絶大な人気を得ていた。なにしろ成田というのは伝説的な男なのだ。四十二歳になる彼は、かつて大手出版社で若者向けの情報誌をつくり、それを大成功に導いた。その後も女性誌を創刊し、これも大当りをとった。三十五歳の編集長などともてはやされた彼をやっかみ、社内の陰謀が起こると、すべて投げ捨てて会社を辞めてしまった。七年前のことだ。その後は本のプロデュースをしたり、イベントの企画をしたりしているが、新雑誌の企画が起こるたびに、編集者たちが「成田詣で」をするという噂だ。いや、噂でなくてそれは多分本当だろう。彼の企画力や人脈というものは、そこいらの編集者が束になっても敵《かな》わない。

「広子《ひろこ》さんは、確か成田さんと親しいんでしょう」

「親しい、っていうよりも昔からの遊び仲間よ」

私はそう答えながら、右手を宙に浮かした。二ケ月前に禁煙をして、それはかなりうまくいっているというものの、何かの拍子に手がひょいと煙草《たばこ》の箱を探してしまう。

「みんな若かったからね、それこそ毎晩のように無茶な遊びをしたのよ」

七〇年代から八〇年代にかけての、青山や六本木のしゃれた店の名前がいくつか浮かんだが、あまりにも年寄じみているような気がして口に出すのをやめた。

「じゃあ、室瀬《むろせ》さんもその頃《ころ》からのつき合いなんですか。今度、成田さんが結婚する室瀬千晶さん」

「まさか。まるっきり人脈が違うわよ」

室瀬千晶は私もよく知っている。彼女が代官山に輸入ものののキッチン用品やリネンを集めた店「アール・グレイ」を開いたのはもう七年ほど前のことだ。当時、そうした品物を扱う店は少なかったから、マスコミはすぐ飛びついた。私も何度か商品を借りにいくうち、同じ大学の同窓生だとわかり親しい口をきくようになった。

店のオープンした時は、二十五歳の若さだったが、今はもう三十二、三になるだろうか。だがぬけるように白い肌や、育ちのよさそうな笑窪《えくぼ》が出来る顔立ちは、全く年齢を感じさせない。今でもちょっとした有名人として、よく雑誌に顔写真入りで出ている。

とはいうものの、彼女と成田とを結びつける線というのがなかなか出てこない。編集者をしていたといっても男性で、しかも上の立場にいた成田が「アール・グレイ」に出入りすることは考えられないことだ。

私は知り合いの男や女、そして成田や私が出入りする店をあれこれ思い浮かべてみたが、どうしても二人の線を結ぶことが出来なかった。それで私はいつのまにか少し不機嫌になる。

「成田さんはまさか、結婚が初めてじゃないでしょう」

「あたり前よ」

自分の声が少し荒くなったのがわかった。

「二十代の頃に結婚していたわ。私、あの人の奥さんともよく遊んだもの」

「やっぱりバツイチかァ」

影山の言葉を否定してみたい衝動にかられたが、それはやはりやめた。何もこんな若者に多くのことを話してやる必要はない。

「私、もう一度、着せるものを見てくるわ」

そう言って立ち上がりながら、私は今夜成田に電話してみようと決心する。

成田ほどつかまらない男はいない。これほど忙しいくせに留守番電話を嫌っているからなおさらだ。昼間、彼の事務所に電話すればよかったのだが、撮影でその時機を逃してしまった。

九時、十時、十一時と一時間おきに電話をして、受話器がはずれたのは夜中のかっきり一時だ。

「随分早く知られちゃったなあ。俺《おれ》のまわりでも知っている奴《やつ》なんてほとんどいないぜ」

「地獄耳っていうやつよ」

「おっかねえなあ。地獄耳のうえに、般若みたいな顔になっていくから嫁《い》き遅れていくんだよ」

「余計なお世話です。『紅の豚』にいろいろ言われる筋合いはないわ」

三十代から成田は徐々に太り出し、四十二になった今では見事な二重顎《あご》になっている。が、声は若々しくて非常に〝間〟のいい男だった。彼と喋っていると、ひといきに階段をのぼるように会話がはずむのだ。

「ねえ、どうして千晶さんと親しくなったの。私、今日、あれこれ考えてみたんだけど、どうしてもわからないの。もちろんあなたも彼女も、近い世界にいるわけだから、パーティーやどこかで顔を合わすこともあったでしょうけど」

「冗談じゃない。彼女も俺もパーティー嫌いっていうことで気が合っているんだからね」

成田に言わせると、パーティーというのは、二流の人間たちがどこかにおいしい話はないだろうかと集まってくるものだという。一流の人間は忙しいのと馬鹿らしいのとで、絶対にあんなものにつき合っていられないというのが持論だ。

「じゃあバー『パンドラ』かどこかで会っているのかしら」

「いや、彼女は酒は一滴も駄目なんだ」

〝彼女〟という単語に、もはやさまざまなものが滲《にじ》んでくる。

「場所はデンマークのコペンハーゲン」

「えっ」

「彼女と知り合ったところさ」

成田の説明によると、航空会社のタイアップ記事を書くために、カメラマンとライターとの三人でデンマークを旅した。

「いや、俺が行くこともなかったんだが、ほら、相手が航空会社なもんだから、チケットは三、四枚もらえる。俺はデンマークは初めてだったからちょっと行ってみる気になった」

そしてロイヤル　コペンハーゲンの工場を見に行ったところ、そこにやはり日本から千晶が来ていたという。彼女も工場を見学していた。

「その時はちょっとした立話をしたぐらいだったんだけれど、帰りの空港でまたばったり会って帰りの便が同じだったんだ」

惚気《のろけ》るという風でもなく、そうかといって照れるというわけでもなく、淡々と話を続ける。成田という男は、こういう業界によくいる話の面白《おもしろ》い男で、サービス精神たっぷりのオチをつけて皆を喜ばせるが、今はそういうこともなかった。

「帰りの飛行機も隣りにしてもらって、いろんなことを話してきた。その後、よかったら今回買った食器で夕食をご馳走しましょう、っていうことになって友人と一緒に行ったんだ」

私は誰かがしていた千晶の噂話を思い出した。三十を過ぎても彼女は結婚の経験もなく、玉川田園調布の実家で暮らしている。一度、家の中で撮る取材に行ったところ、大きな家で驚いたそうだ。輸入雑貨の店を出してもらったのも親の金らしく、おっとりした物ごしとあいまって、千晶は「嫁き遅れた良家の子女」というイメージが出来つつある。成田はそうした姿に惹《ひ》かれたというのだろうか。

「まあ、いずれは何かしなきゃならんだろうが、その時は来てくれよ。もっとも二人ともいい年だから、仲間を招んで簡単なパーティーをするぐらいだろうが……」

それで話を締めくくろうとする成田に、私は不意に何か小さなものをぶつけてみたくなった。

「私、千晶さんと同じ大学なのよ」

「ほう……」

「もっとも私の方が五つ上だから、学校の中ですれ違ったこともないだろうけど」

私たちの学校は郊外の高台にあり、名門校というほどでもないが、こぢんまりした一貫教育が好まれて金持ちの息子や娘が少なくない。地方の高校を卒業して、大学にだけ進学した私とは、一線を画すようなグループが確かに存在していた。小人数の学校だから千晶のことは後輩にでも聞けばすぐにわかるに違いなかった。

「どう、奥さんの素行調査してあげようか」

私は笑いを含んだ声で言った。

「彼女が大学の時、どんな男とつき合っていたか気になるでしょう」

「よせやい。彼女もいい年なんだぜ。二十歳やそこらの娘と見合いをしたわけでもないんだから、そんなこと気になるはずないじゃないか」

「そうかしらねえ」

私は成田自身さえ気づいていない、いや、認めたがらない古風なところや律儀さをとうに知っていた。

「別に世間話として聞く分にはいいじゃないの。自分の女房になる女が、どんな風な青春を過ごしたか聞くのって、別に悪いことじゃないと思うわ」

「そういうのは、彼女の口から聞くよ」

この言葉は冷たく私をつき放した。成田もそのことに気づいたに違いなく、

「まあ、近いうちに飲もうよ。君もここんところはバブルがはじけて暇だろう」

「失礼ね、私はバブルに影響されるようなちんけな仕事はしていないわ」

「お前な、そういう強がりばかり言っていると、今年も嫁き遅れるぞ」

最後はいつもの軽口で終わったのだが、その夜私はなかなか寝つけなかった。成田の結婚をひとり、二人女友だちに報告し、ついでに長電話をしたせいもあるのだが、寝しなの紅茶にかなりの量のウイスキーを入れなくてはならなかったほどだ。本当のことを言うとこの二、三年、私は不眠に悩まされていた。医者に行くほどでもなく、舌うちをしながら寝返りをうっていくうち、夜明け前には眠りにやっと入れるのだが、朝早い仕事の時にはつらかった。けれどもこれを他人に打ち明けると、必ずからかいの種にされる。そろそろ更年期なのか、男がいないのかと問われ、私のような年代の女は純粋に悩むことは許されないようなのだ。その夜、紅茶を飲み終え、あまり面白くないミステリ

ーを手にしながら、私は不意にある考えにいきあたった。

成田はきっと電話をかけてくるに違いない。他愛ない世間話をしばらくした後、ほんの思いつき、ちょっとした戯れのように言うだろう。

「ほら、君の言っていた、あれ」

「あれって何かしら」

私はとぼける。

「ほら、あれだよ。千晶が学生時代どんな風だったか、ちょっと聞いてみるのも面白いかなあと思って」

「ふーん、成田さんって、そういったコチコチのところ、昔からあんまり変わっていないわよね」

きっと私は嫌味を言うだろうと思ったとたん、久しぶりに突然に、ごくやさしく眠りがやってきたのだった。


私の想像はそのとおりになった。違っていたところは、成田の前置きが短かかったことと、私があまり嫌味を言わなかったことだ。

「それにしても偶然だね」

用件の最後に、成田が明るい声を出す。

「君と彼女が、同じ学校を出ているなんて」

「そうかしら、そんなに驚くことかしら」

「驚きやしないが、あの学校を出た人間はとても少ないんだ。まわりにも全くいない。それなのに君があそこの卒業生だなんてね……」

「私のイメージじゃないってこと」

「いや、あそこはわりとお坊ちゃま、お嬢ちゃま学校って聞いていたから」

「そりゃあ、付属から来ていた人は、慶応を落ちたような坊ちゃんやお嬢が多かったけど大学自体は普通の学校よ。おたくの奥さまは付属なんでしょうけど」

「ああ、幼稚園から通っているんだ」

成田は私の大嫌いな男の口調になった。全く、うちの女房はお嬢さま育ちで仕方ない、と愚痴るふりをする男ほどみっともないものはない。

「はい、はい、私はおたくの奥さまの素行調査をいたしますよ」

電話を切る時は、ついに嫌味ではなく皮肉になった。それなのに成田は気づかないように念を押す。

「言っとくけど、何かのついででいいんだぜ。別に特に電話してくれなくてもいいし……」

私は彼の身勝手に少し腹を立てていたというものの、電話が切れたとたん、もうアドレス帳に手を伸ばしていた。実のことを言うと何度も受話器に手をかけたのだが、自分の心の卑しさを恥じてそのままにしていたのだ。しかし今はためらうものは取りはずされていた。私は成田のためではなく、自分自身の好奇心のためにプッシュホンを押す。下の番号は憶《おぼ》えているのだが、千葉の市外番号がいつもおぼろげになってしまうのだ。

それにしても成田はこの点に関して情報不足だった。うちの学校の卒業生で、マスコミに進んだものはかなりいるのだ。もしかすると彼の視界に入らないのかもしれないが、男は断言はしない方がいい。

篠原真弓《しのはらまゆみ》は、私がスタイリストになる前、しばらく勤めていた広告代理店にいる。私が代理店に在籍していたのは一年足らずだったし、彼女とは五歳違うのだから本来親しくなるはずはないのだが、私たちはクラブのOG会が一緒だった。洋弓部というところは、あの自由な学校にしては珍しく上下のけじめがしっかりしているところで、真弓はからかい半分に今でも私のことを「先輩」と呼ぶ。

しばらくの無沙汰《ぶさた》をお互いにわび合った後、私は自分でもとまどうほどやさしく甘い声が出た。

「ねえ、あなた確か仏文科だったわね」

「ええ、そうですけど」

「じゃ、室瀬千晶って知っているかしら。あなたと年は同じだけど、学年は違うかもしれないわ」

「ムロセチアキ……」

彼女は昔の同級生を思い出そうとする人間がよくそうするように、名前を全く記号的に発音した。

「うちの学年にはいないような気がするけれど、どんな人かしら」

「ほら、時たま女性誌に出てくる輸入雑貨の『アール・グレイ』っていう店のオーナー。髪が長くて、ふわっとした感じの、なかなか綺麗《きれい》な女よ」

「ああ、室瀬、室瀬千晶ね」

彼女の名前は、突然刷毛《はけ》でさっと塗られ色彩を帯びた。

「あのコは学年でひとつ下。でもよく知ってる。思い出したわ。忘れるはずないわ」

真弓ははずんだ声を出した。

その次の日の午前中、私は成田の事務所に電話をかけた。珍しく彼は今日一日、ずっとデスクワークをするのだという。

「だったらお昼でもご馳走してよ。そのくらいしてくれてもいいでしょう。あなたの奥さんになる人の素行調査をしてあげたんだから」

「お、脅迫する気かよ」

成田は磊落《らいらく》な風を装ったが、その実とても気にしていることは、電話を切り替えたことでもわかる。どうやら個室に入ったらしい。

「いいですか、申し上げますよ」

私は声を張り上げた。

「彼女と学校時代一緒だった女によると、千晶さんはね、当時テニスばかりやっていたんですって。真黒でかなりの美人なのに、ショートカットで、あまりにも色気がないから『宝塚』っていう仇名《あだな》だったそうです。以上」

受話器の向こうから笑いが漏《も》れた。

「何だ、情けない奴だな」

私は男のいちばん好む答えを用意してやったのだ。成田が喜ぶのはあたり前だろう。

「じゃ、一時半頃来いよ。その頃には店も空《す》いているだろう。『トスカーナ』を予約しておく」

「トスカーナ」はかなり高級なイタリア料理店だ。彼の気持ちが手に取るようにわかる。たとえ他《ほか》の女の力を借りたとしても、男の心がいっとき私の思うがままになったのは気分がよかった。

私は黒いセーターに黒のパンツをはき、春らしい色のテントコートを羽織《はお》った。今日は夕方からひとつ打ち合わせ兼食事会があるだけだった。先日コーディネイトをしてやった若いタレントが、私のことをとても気に入り、写真集の衣裳を全部手掛けてほしいと言ってきているのだ。

ついこのあいだまで芸能人のスタイリングをすることは、雑誌やCMの仕事よりも一段下のことのように思われていたが、彼女たちのドラマやプライベートで着ているもののセンスがとやかく言われるようになると、一概にそうとも言えなくなってくる。少なくとも名前を売るにはいいチャンスだ。私は昨夜来のはずんだ心をさらに昂《たか》めるように、イアリングをつけた。モデルのためのアクセサリーをたえずいじっているせいで、私たちのような職業の女は、必ずと言っていいほどあっさりした格好を好むものだ。それなのに銀色の大ぶりのイアリングをつけたのは、私の心がかなり浮き立っているせいだろう。

私は電話をかけ、アシスタントに商品の返却を早く済ませるように指示した後、愛車のサーブに乗り込んだ。私の住んでいる代々木上原から代官山まで空いていれば十五分足らずだ。ヒルサイドテラスを少し行ったところで私は車を停《と》めた。その店は一面ガラスになっていて、テディベアをちょこんと腰かけさせたベッドや、ぴかぴか光る鍋、市松模様の食器などが外からよく見えるようになっている。このあたりに多いこぢんまりとした店だが、中には店員が二人もいる。店の一角にテーブルが三つあり、そこでお茶を飲めるようにしているせいもあった。

ステンレスに「アール・グレイ」と書かれた扉を開けて私は入っていった。十一時開店で十五分過ぎているが、まだ客はひとりもいない。女が三人、伝票をつき合わせながらランチョンマットを並べていた。

「お早ようございます」

「あら、いらっしゃい」

いちばん背の高い女が、私を見てにっこり微笑《ほほえ》んだ。グレイのカシミアのセーターとカーディガンに真珠のネックレスをしている。気恥ずかしくなるほどのお嬢さまルックだが、三十過ぎても千晶はこうした格好が似合った。

「お久しぶりですね。どうしていらっしゃったのかしら」

私はインテリアのスタイリストでもなく、五回ほどしかこの店を訪れたことがないが、彼女は親し気に近寄ってくる。別段千晶が馴れ馴れしい、如才ない女なのではない。こうした店のオーナーが、編集者やスタイリストといった人種を歓迎するのは当然のならわしだ。

「おめでとうございます。聞きましたよ」

顔を覗《のぞ》き込むようにすると、千晶ははっきりとわかるほど顔を赤らめた。

「ありがとうございます。でも、まだ、あれなんですよ」

意味のわからぬことをつぶやきながら、後ろにいる二人の店員をちらちらと見る。私はもうこの話は打ち切りにしますよ、といった合図に、にっこりと笑いかけた。

「お茶、もういただけるかしら」

「はい、すぐにお持ちします」

この店は名前にちなんで紅茶を出してくれるのだ。たいしてうまくもないが、代官山を行きかう車や人々をガラスごしに眺めながら、茶をすする気分は悪くなかった。テーブルには黄色のチューリップも飾ってある。こんな風に春の陽《ひ》がそそぎ込む日だったら本当に悪くない。私はバッグからマイルドセブンを取り出した。さっき駐車場横の自動販売機で買ったものだ。煙草を吸わずにはいられないようないい気分に私はなっていた。そして二本目をふかしながら、私は忙しくたち働く千晶の姿を見ていた。

全体的にほっそりしているが、胸や二の腕に量感があるやわらかいからだだ。セミロングを茶色に染めた髪に、少し昔風のカールがついている。彼女はやり手と言ってもいいほどのオーナーなのであるが、どう見てもこのあたりの良家の人妻がふと買物に立ち寄ったように見える、この女が大学時代、助教授と不倫をしていたというのだから世の中面白い。

「千晶ね、千晶よ。あの頃私たちは『おタセ』と呼んでいたけど」

真弓はひどく下品な思い出話をした。

「あのね、その助教授が『龍川《たつかわ》』っていうのよ。彼女が来るといつも部屋に閉じ籠《こ》もって鍵《かぎ》をかけちゃうんですって。ある時、何か急用が出来てあわてて出てきた時、ズボンの前がこんもりしていて、千晶は髪が乱れてた。なんともモロっていう感じね。それで助教授は『おタツ』、彼女は『おタセ』になったわけ」

喋っているうちに真弓は早口に、舌が滑らかになり、あきらかに楽しくてたまらない、という風になった。

「もちろん『おタツ』は奥さんと子どもがいたんだけど、一時期はもう捨てるんじゃないかって言われてたのよ。学校中であの頃、かなりの評判だったもの。千晶がちゃんと就職も出来なかったのも、そのせいだって言う友だちもいるわ」

私は三本目の煙草に火をつける。開店したばかりの明るく清潔な店で、煙草の煙は意地悪な闖入者《ちんにゅうしゃ》となり斜めに横切っていくが仕方ない。灰皿が目の前にあるのだ。

「栗原《くりはら》さん」

千晶は手を休め、私の名を呼んだ。

「後でマグカップを見ていってくださいませんか。パリのデザイナーで、とっても可愛《かわい》いのをつくる人がいて、少し仕入れてみたんです」

「ありがとう、ぜひ見せて頂戴《ちょうだい》」

私はお礼に成田の過去を教えてやりたい思いにかられる。

あれはもう十数年近く前になる。青山の、ホモセクシュアルのモデルが経営していた小さなバー。彼は仲よしの客が来ると、そのまま店を閉め、六本木のディスコへ行ってしまう。常連の客たちはみな誰もが若く、そして似たような仕事をしていた。成田の妻もファッションデザイナーということになっていたが、おそらく何の仕事もしていなかったろう。ただ夫に従《つ》いていきたい、彼の仲間に入っていたい、ということだけでデザイナーと自称していた、あの小柄な女。洋裁学校を卒業するかしないかで結婚した彼女は、たえずおどおどと夫の顔色をうかがっていたようなところがある。

夜の街に連れてくるくせに、成田は妻が気がきかない、野暮《やぼ》ったい会話をするとしょっちゅう叱ったものだ。彼女が自分を慰めてくれたホモセクシュアルのオーナーと恋に落ちたのは自然のなりゆきだった。彼はホモセクシュアルというよりバイセクシュアルに近く、かなり気に入った相手なら女とも寝ることが出来たのだ。他の男と通じた妻を、成田は責めに責めた。彼の妻は世間でそう思われているように離婚で去ったのではない。死をもって夫のもとを去ったのだ。あの頃は交通事故のように言われていたが、自殺であることは車を運転する者なら誰でも知っていることだ。

成田が業界の有名人になったにもかかわらず、この秘密が守られているのは、年月がたっていること、彼女の死があまりにも悲惨だったこと、そして当時の遊び仲間から成田が離れたことだ。そうでなくても当時のメンバーはひとりずつ消えた。ホモセクシュアルのオーナーはロンドンで暮らしているし、何人かは田舎へ帰った。あの頃からつき合っているのは、おそらく私ぐらいだろう。

世の中にはふた通りの男がいる。妻の不倫をいつかは許せる男と、地獄の底に落ちるまで絶対に許せない男だ。時代の先端をいく仕事をしながら、その心の中で意固地な古めかしいものを持っている成田が、常にあやういバランスをとって必死で努力していくさまを他の人々は誰も知らない。おそらく妻になる千晶も知らないに違いない。成田が「不倫」という言葉を聞いて、どう反応するか彼女が想像も出来ないのと同じだ。

紅茶を飲み終え、煙草も吸い終わって私は立ち上がる。

「私、そろそろ失礼するわ。マグカップはまた後にします」

「そうですか、残念だわ。よろしかったらお昼をご一緒にと思っていたのに」

「お昼はね」

私はおどけて目を見開いてみせた。

「あなたのご主人となる方といただくのよ。仕事の打ち合わせがあって」

「あら、そうですか」

千晶ははにかんで唇をすぼめた。この年齢でこんな表情が難なく出来ることに私は感動した。

「何かお伝えしときましょうか」

「いえ、そんな……」

ふふっと私は笑いながら別れの挨拶《あいさつ》を告げた。車のハンドルを握ると、フロントガラスからの光で、ほどよい暖かさを得ていた。

「ああ、おかしい」

私は声に出して言ってみる。これから私は成田とパスタを食べる。その時に彼の顔をじっくりと眺めてみよう。私は彼の秘密も、その妻となる女の秘密も知っている。そして私がじっと彼を見つめた時、彼がまばたきせず、目も伏せることもないか、秘かに賭けてみよう。

私自身の秘密。あれは十三年前の雨の日。

初めて見る、深く酔った成田が運転席に座っている。彼はまだ二十代で、後頭部に透き間はない。そして十数キロほど体重も少なく「スーパーボール」のパンツもぴったりとおさまっていた。そして髪の長い私は何か口にした。多分慰めの言葉だったろう。その時、彼は凶暴な力で私を抱きすくめた。私は必死で抗《あらが》う。成田とこんな風に結ばれたくないという若さが、私をもがかせ、爪を立てさせる。

成田は私を二、三回殴り、そしてシートを倒す。私はカエルのような姿勢で足を開かされ、屈辱に涙を流した。

たった一度のことだから、酔った上でのことだから、昔のことだからと成田はすべて忘れたふりをしている。もしかしたら本当に忘れたのかもしれない。私の秘密は今ナイフとなって、成田ともうひとりの女をえぐろうとしている。もちろん誰にも言いはしない。永遠に沈黙したまま私はこの秘密をおもちゃのようにいじって、ずっと楽しむつもりだ。そんな私の思惑を、今日、彼は気づいてくれるだろうか。

土曜日の献立

「ドレッシングにニンニクは入れないでちょうだいね」

君子《きみこ》がオリーブの実をつまみながら言った。

「それからサラダにコリアンダーは絶対に嫌よ。私、あのにおいを嗅《か》ぐと、馬のおしっこを思い出しちゃうのよ」

「あら、馬のおしっこってそんなにおいなの」

「ずっと前、競馬場に行ったことがある。その時、そんな感じがしたのよ」

君子はオリーブの実をもうひとつつまむ。オードブルの皿に並べてと頼んだのだが、それが終わると瓶の中から、いくつもいくつも取り出し、口に運んでいる。

三十を過ぎてもほっそりした体型のままの君子は、髪も短くしていて、そうした行儀の悪さが似合わないことはない。

ワインビネガーを下の棚《たな》から取ろうとかがんだ香苗《かなえ》の目の前に、君子の腰があった。黒いシルクのパンツにつつまれたそれは、とても子どもを生んだ女のものとは思えない。

「太郎《たろう》ちゃんに――」

香苗は言った。

「チョコレートケーキを持っていって。デザートに多めにつくっといたから、後でタッパーに入れとく」

「サンキュー」

君子は全く抑揚のない声で答える。子どものことになるといつもそうだ。声や表情から何かを探られることを恐れるように、出来るだけそっけなくする。それは昔からの友人の香苗に対しても同じだった。

君子が未婚のまま男の子を生んだのは、もう五年も前のことになる。よくある話だが相手の男は妻子持ちで、別れる別れないでもめている間に、君子は妊娠したのだ。

「出来たものは仕方ないから、私、生むことにしたわ。それで男が逃げても構わない」

そう言いきった君子の姿は、女たちに感動を与えたが、男たちはどうやら恐れをなしたらしい。フリーでやっている翻訳の仕事が、急に途絶えたことがある。あんなふしだらな女に仕事をさせるなって、出版社のえらい人が怒ったらしいわ。君子が苦笑いしながら言ったことがあるが、それはもう昔の話で、今の彼女は落ち着いた暮らしを手に入れている。

子どもの成長も仕事も順調だし、つい先日君子が訳したミステリーは、かなりのベストセラーになったはずだ。それどころか彼女には、新しい恋人さえいる。若くて、大層様子のいい男だ。

その隅田《すみだ》という青年も今日の夕食に誘ったのだが、急な仕事が入ったという。イギリスから来た俳優を、映画会社の宣伝部に所属している彼は京都に連れていかなければならない。その俳優が突然言い出したことなのだが、拒否は出来なかった。香苗は聞いたことがないが、次の作品でおそらく大スターになるという俳優なのだそうだ。

香苗は木製のテーブルの上に、半月盆を並べ始めた。黒い塗りの盆は本来懐石のためのものだが、洋食に使ってもうまくまとまる。それに紫色のナプキン、水色の箸置きを合わせた。テーブルセッティングは香苗の大好きな仕事だ。美大に通っていた頃《ころ》にテーブルコーディネイターという仕事があったら、きっと志していたに違いない。

当時四年制の美大を出た女など、使い道がなく、やっと見つけた仕事は建設会社の企画部だった。ここで四年間インテリアの仕事をした。といってもモデルハウスの内部を飾るだけのことで、ソファ選びもカーテンの色も、とにかく〝無難〟ということを言われたものだ。

こんなふうに濃い紫色のナプキンを使うことなど許されなかったに違いない。

六人掛けのテーブルの狭い一方を、夫の恭一《きょういち》の席とし、両脇《わき》の一方を栗田《くりた》夫婦、片方を自分と君子の席にしたのだが、五人というのはどうもおさまりが悪い。

テーブルセッティングというのは、カップルの客を前提にしているとしみじみと思った。

「ねえ、君子、本当にあなたひとりでいいの。そりゃ隅田君の代わりにはならないだろうけど、恭一が会社の独身の中から暇そうなのを見つくろって呼ぼうかってさっき言ってたけど」

ビールを買いに出かけた恭一の伝言だった。

「土曜日でも行くとこなくて、ごろごろしている連中がいるから、電話かけりゃすぐ来るよ。女ひとりで、後は夫婦者《もん》っていうのは嫌なもんだぜ」

ふうんと君子は大きなため息をつき、そして唱《うた》うように言った。

「斎藤《さいとう》さんっていい人。本当に出来た人。あんな人、他《ほか》にいないと思うわ」

しみじみとした口調だったので、彼女が他のことを考えていたのはあきらかだった。そして同じように、実は香苗も別のことを考えていた。

栗田夫婦と自分との関係を何と言ったらいいだろうか。栗田は以前の香苗の恋人だった。修羅場を演じたわけでもないが、何の後腐れもなくきっぱりと別れたわけでもない。普通の男と女が経験するような争いや涙もあった。それで終わるはずだったのに、またもや交際が始まったのは、すべて自分の意地の卑しさだと香苗は思うことがある。

マンションを探している最中、不動産部門の栗田に相談しようと考えたのは、もちろんいい情報を手に入れたかったこともあるが、時間というのを買い被《かぶ》っていたことも大きい。別れから四年たち、自分は幸福な人妻になっている。栗田も愛らしい妻をもらったと聞いた。自分の傷口がとうにふさがっていると確認したかったし、相手のそれも見たかった。

そしてそれはとてもうまくいった。二人は昔のことについて軽口を叩《たた》いたほどだ。

「やっぱり、あなたと結婚しなかったのは正解だったわ」

「な、な、オレもそう思うんだ。君の幸せのために泣く泣く身を退いたけど、それはやっぱりよかったんだ」

「よく言うわよ」

香苗が笑うと、栗田も声を出して笑った。右の奥に近い歯に、香苗の知らない金の詰め物が入っていた。それを見た時、香苗は本当にすべてが終わったと実感した。

そしてその成功に気をよくして、香苗は栗田夫婦、恭一との四人で会うことを思いついたのだ。栗田のおかげで、掘り出し物の物件を手に入れることが出来た礼というのが名目だった。いや名目というより、そのマンションは実際得がたいものだったのだ。東京の都心近く、百平方メートル近い部屋というのは、チラシや不動産情報にもなかなか載《の》っていない。

買った直後、地価暴騰が起こり、恭一と香苗はどれほど人から羨《うらや》ましがられただろう。

「栗田さんには、品物とか金とかはいいのかなあ。会社で止めておいた物件を、こちらに教えてくれたんだろう」

あの日、レストランに向かう車の中で恭一は言った。その律儀さが、一瞬愚鈍さに見えたのは本当だった。だから香苗はこう答えた。

「いいのよ、あの人、昔の私のボーイフレンドだったんだから」

「なるほど」

その声はとても呑気で、香苗はまたもやいらついた。

「何度も寝た仲なのよ。だけど私が捨てられたみたいなかたちになったんだから、このくらいのことをしてくれて当然なのよ」

まさかそんなことは言えやしない。

恭一と初めて結ばれた時の、若い香苗ではないのだ。

「私ね、案外もてたのよ。いっぱいいろんなことがあったわ。あなたさ、まさかバージンがいいなんて思ってやしないでしょうね」

まさか、と言って恭一は枕ごと香苗を抱き締めた。あの時自分に愛を打ち明けた男をいたぶるのは楽しかったが、結婚したとなると話は別だ。

夫婦間の礼儀として、「寝た」とまではっきり告げることはない。

だから香苗はこう言い替えることにした。

「あの男、私に惚《ほ》れてたんだから」

「なるほど」

恭一は実に楽しそうにハンドルを切り、香苗はひょっとしたら、夫は何も理解していないのではないかと心配になったほどだ。ボーイフレンドという日本語を文字どおり、男の友人ととったのか、「惚れていたのよ」という言葉は、栗田が一方的に好意を持っていたととったのではないだろうか……。

だがすぐに香苗はめんどうくさくなってきた。目ざすレストランがすぐそこに見えてきたのと、どうせ今日ひと晩のことと考えたからである。

栗田とその妻は既にウェイティング・バーにいた。噂《うわさ》どおり彼女は、きゃしゃな体つきで、大きな目が少女じみていた。アイドルの何とかという娘に似ていると、帰りに恭一が言った時も、「女房です」と栗田が肩を押すようにした時も、香苗は何も傷つかなかった。それどころかとても快活な気分になったほどだ。

「こういうのを大人の関係っていうのではないだろうか」

夫と昔の恋人、そして彼の妻との四人で、これほど楽しいひとときを過ごせるというのは、ひとえに自分の怜悧《れいり》さによるものだと、香苗は密《ひそ》かに勝利宣言さえした。

それに恭一と栗田とは、すっかり気が合ったようだ。巨人が大嫌いで、ラグビー観戦が趣味で、最近ゴルフを始めたところまでそっくりだった。

「今度一緒にまわりましょうよ。ヘタだからご迷惑をおかけするかもしれませんが」

恭一が言うと、僕も同じですと栗田が乾杯する振りをした。

「うちの会社が開発したところで、いいゴルフ場があるんです。あそこは穴場ですよ。環六に乗ればすぐ着いちゃうし、人も少ない。僕が予約しますから、本当に一緒に行きましょう」

なんて素敵な光景なんだろうかと香苗は思った。こうして男たちの横顔を比べてみると、恭一の方がずっと鼻梁《びりょう》も顎《あご》のかたちも美しい。出た学校も、勤めている会社も夫の方が上だ。昔失ったものよりも、今手にしたものの方がはるかに秀《すぐ》れている。こんなに胸はずむようなことがあるだろうか。

だから香苗はずっと楽し気な微笑をたたえていたはずだ。それは栗田の妻の、久美子《くみこ》も同じだった。

「あらあら、男の人ばっかりいいことしようとして。ねえ、私たちだって仲間に入れてもらいましょうよ。私だってゴルフを始めるわ。ねえ、香苗さん」

それは現実となった。三年たった今、二組の夫婦は時々連れ立ってゴルフに出かける。

香苗と恭一、そして栗田夫婦は、つかず離れずという程度のもう少し上の関係のまま、ずっと続いているのだ。これは子どもがいないことが大きく原因していると香苗は思う。子どもがいない夫婦と、子どもがいる夫婦とがつき合うのは至難の業だ。すべてが子ども中心の渦の中に自ら身を投じなければ、とても我慢できるものではない。

そう仕組んだわけでもないのに、香苗のところにも、栗田夫婦にも子どもは出来なかった。いい病院を紹介し合っていたのも最初の頃で、男たちが四十近く、いちばん若い久美子が三十二歳になった今では、そうした話題は既に途切れている。

その代わり、二組の夫婦がかもし出す静かで穏やかな雰囲気が出来上がりつつあった。二ケ月に一度ほど行くゴルフの帰り、野鳥料理を食べたり、ソバのうまい店に寄ったりするのも、最近のならわしだ。

「うちのは時々言うのよ。オレが本当に好きだったのは香苗さんだったたって。私言ってやるの。もう遅いわよ、お生憎さまって……」

酒に弱い久美子が、ほんの時たまそんなことを口にすることもあるが、男二人と香苗はふふふと笑う。そうすると久美子もにっこりとする。

そう、すべては過去というふた文字に塗りこめられようとしている。塗りこめた白い壁に、香苗たちは新しい絵を描いた。しかし時たまであるが、第三者の君子がヘラを使って、白い壁をがりがりとひっかく時がある。その下のあの古い絵をつきつけようとするようだ。

「本当によく出来た夫よね。ちょっといないわよね」

と言うのはあきらかに皮肉というものだ。

君子を呼ばない方がよかっただろうか。いや、そんなことはない。家で食事会をする時は必ず呼んでね、だって香苗の料理っておいしいんですものと、たえず言っているではないか。

「子どもと二人だと、ありあわせのものつくって、奴《やつ》がこぼしたものを口に入れるような生活してるのよ。隅田と会う時は外食ばっかりでしょう。私、〝家庭の味〟っていうのに飢えてるのよ」

この間はそんなことを言って、香苗を笑わせたばかりだ。今日も早く来て手伝ってくれている。

「ちょっと君子、シャンパングラスをとってくれない」

「あら、シャンパンとは豪勢ね」

「違うわよ、オードブルに蟹のカクテルを出そうと思って」

大ぶりの缶切りを君子の掌に置いた。

「グラス出したら、蟹の缶詰を開けてね」

白く光る刃を君子に渡した時、香苗は何か重要なものを、今彼女に手渡したような気がした。


七時を十分過ぎた頃、栗田と久美子が姿を現した。

「いつもすいません、ご馳走《ちそう》になります」

久美子がおどけて片手をふった。少女じみた長い髪はそのままだが、最近目のまわりに小皺《こじわ》がとても目立つと香苗はすばやく見てとった。大きな瞳の持ち主で、時々こういう運命をたどる女がいる。まわりの皮膚が目の大きさを支えきれなくなってくるのだ。

対する栗田は明確に肥満の道をたどっている。ノーネクタイでジャケットを羽織《はお》っているのだが、はっきりわかるほどシャツの腹部がこんもりとしている。栗田が醜くなっていくのは、香苗にとって昔の証拠が完璧《かんぺき》に隠蔽されていくような安心感をもたらす。だが、それさえこの頃ではあまり感じないようになっている。

「君子さん、久しぶりですねえ」

栗田は如才なく君子に声をかけるのだが、そういう様子はますます彼を老けさせる。

「なんだか毎日忙しくやってます。貧乏暇無しっていうところかしら」

君子も愛想よく答える。彼女が訳したミステリーのファンだと栗田が言ったこともあり、そう気に入らない相手でもなさそうだ。ただ久美子の方は苦手のようで、香苗のように旧くからの知り合いだと時々はらはらすることがある。他の人間にはわからないだろうが、おもしろくないと馬鹿丁寧な言葉を使うのは君子の特徴だった。

「あのね、今日みたいにお出かけする時は、お子さんはどうなさるの」

「母が見てくれますの。近くに住んでいるので何かの折にはすぐ来てくれるんですよ」

「それはよかったですね、でも、大変そう」

こういう時、子どもがいない女が誰でもするように、久美子は軽い恐怖感から眉をひそめる。そんな生活は考えもつかないのだ。

「今日はこれをメインにしましょう」

外から戻った恭一が、苦労して手に入れた大吟醸の一升瓶《いっしょうびん》をどさりとテーブルの上に置いた。まずはビールで喉を濡らして、栗田が持ってきたワインを飲《や》る。そして食事が終わりかけた頃から、本格的に大吟醸をという腹づもりらしい。

男たちは、いち時にいろいろな種類の酒を飲むのが好きだ。今夜の料理はワインにも日本酒にも合うように、ごくあっさりしたものにしている。

まずはオードブルの皿を出した。ひとかかえもある備前の皿に、買ってきた既製品を彩りよく並べてある。メインの料理は手間をかけるが、こうした冷たい料理は簡単にすませるのが香苗のやり方だ。

スモークサーモン、煮たアワビを薄く切ったもの、ニシンの昆布巻き、菜の花の芥子あえ、ミョウガの薄切りをちまちまと並べてある。オリーブの実は、わずかに数粒しか飾られていない。後は君子がつまみ食いしたのかと、香苗は何やらおかしくなる。

痩《や》せているくせに、君子は気に入ったものはいくらでも口に入れる習慣があった。しかしさすがにオリーブを食べ過ぎたらしく、皆の前で小さなげっぷをした。

「失礼、外国じゃいちばん不作法なのよね」

「ここは日本で、身内ばっかりだから、なんにも気にすることはないよ」

恭一は笑い、君子は謝る代わりに身をすくめた。〝身内〟という言葉が空々しいわよと言いたげなのが香苗にはわかる。確かにその言葉は、あたりの空気に溶けて消えていくことがない。小さな霧となってテーブルの上に降りていくかのようだ。

〝ミウチ〟、どうしてこれほどつまらぬ言葉を夫は口にするのだろうか。

栗田は君子の訳した本をまた誉《ほ》めた。まるでそのことを話題にすれば、この場は永遠に安泰とばかりにだ。

「うちの会社にもあれを読んだものが多くってね。この『午後四時発ミストラル』を訳したのは、僕の知り合いだって言ったらさ、栗田さん、有名人知ってるんだなって、僕も鼻が高かったよ」

「嫌だわ、有名人だなんて」

君子は鼻をならしたが、まんざらではない証拠に唇がわずかにゆるんだ。そうすると前歯が二本のぞく。つんと上を向いた鼻から唇にかけての線は日本人離れしていて、くっきりしためりはりがある。ほんのり笑うと君子はとても美人だ。昔は違っていたが、今では久美子よりずっといい。

「ねえ、ねえ、君子さんは自分で書いたりしないの。訳していたら、このくらい書けると思って書いたりしないの。ほら、翻訳やっていて作家になる人って多いじゃないの」

久美子がつまらぬことを言い始めた。君子は以前からこの種の質問をとても嫌っているのだ。

「そうですねえ、才能があったら書くかもしれませんね」

「才能だなんて！　あれだけ立派な本を書いてるじゃないの」

「まあ、あれは元の本があるものですからねえ、それを日本語に直せばいいわけです。無から何かをつくり出す小説っていうのはどうでしょうかねえ」

今夜の君子はとても扱いづらい。最初からあちこちを尖らせているような気がする。

もともとが愛敬《あいきょう》をふりまく女ではなく、皮肉を口にしたり、議論を仕掛けるようなところがあるが、それは一緒にいる人々をおもしろがらせる程度にいつもとどまっていた。やはり隅田がいないことが不満なのだ。彼が来ないことがわかった時点で、他のパートナーを探しておけばよかったのだろうか。それにしても子どもではあるまいし、自分の男が参加しないからといって、不機嫌さをもろに出す君子の気がしれない。久美子が気にくわないならば、最初から来なければよかったではないか。

香苗はキッチンに入り、蟹のカクテルを盆に載《の》せた。すぐに出来るこの一品は豪華に見えてとても気がきいている。案の定、テーブルに載せたら小さな歓声が上がった。

「僕は、じゃワインにしよう。栗田さんからおいしい白をもらったから」

「わりといいシャブリだよ。うちの冷蔵庫でいったん冷やしたのを持ってきて、すぐお宅の冷蔵庫に入れてもらったから、もう飲めると思う」

栗田はワインの栓《せん》を抜くのが得意だ。行きつけのレストランで教わったということで、口の下あたりをナプキンでおおう。

「こうすると力が入るからね。股の間にはさむよりはずっといいでしょう」

ひとつの情景が浮かび上がってきた。五反田のアパート、六畳と四畳半に小さな台所と、それ以上に小さな風呂場がついていた。

香苗が泊まる夜、栗田は必ずワインを抜いたものだ。あの頃、夕食に自宅でワインを飲むなどという若いサラリーマンはめったにいなかった。

気障《きざ》ねと言うと、馬鹿言えと栗田は口を尖らせたものだ。

「香苗の料理をひきたててやるために、ワインを抜いてるんじゃないか。ちょっとこげたハンバーグもさ、ワインが横にあるとそれなりに見えるもんさ。それに——」

ワインは催淫《さいいん》剤の役割もするんだぜと声をひそめて言う。ビールはすぐにトイレに行きたくなる。日本酒はぐっすり眠ってしまう。

「だから女が来る日は、ワインにしなきゃいけないって、フランスじゃ法律で決められているんだ。本当だよ」

どうしたことだろう。十年以上も前の記憶が突然飛び込んできた。自分がじっと栗田を見つめていたことに気づいて、香苗は立ち上がる。

「次はお肉よ。和風のローストビーフというのを焼いてみたの、お醤油味でとてもおいしいの」

そりゃあいいねと、恭一と栗田が同時に叫んだ。天火の中で温めていた肉に、クレソンをたっぷりと飾った。これにレタスのサラダを添える。

「いやあ、香苗さんがこんなに料理がうまいとはねえ——」

これは夕食に招くたびに、栗田が必ず口にする言葉だ。

「惜しいことしたでしょう。悔やんでも悔やみきれない？」

久美子が軽くからむのもいつもどおりだ。恭一の表情は見なくてもわかる。多分薄く笑っているはずだ。こういう時、夫はいつも楽しそうに笑う。それは妻の自分に対する愛情への自信と、余裕からだと思っていたが、本当は違うのだろうか。

恭一はとてもやさしい。自分は最初から許されていた。

恋人になってからも、香苗はさまざまな悪態をついたものだ。

「恭ちゃんで四人めよ。この年にしちゃ、案外少ないでしょう」

「いや、いや、たいしたものだ」

許されていたのは過去ばかりではない。こうして夫は、妻の昔の恋人と酒を酌みかわしている。もしかするとすべてのことを最初から知っているのかもしれない。しかし妻が楽しければよいと考えているのだろう。そうした夫が、今夜に限って、愚かし気に見えるのは、きっと酔っているせいだ。恭一が出張した同僚に買ってきてもらったという広島の銘酒は、口あたりのいい分、酔いが早い。ワインを一本空《あ》け、その一升瓶も、もう半分になっている。

下げた食器を流しに重ねていると、恭一が近づいてきた。声をひそめて言う。

「この後の料理、何」

「え、もうこれで終わりよ。後はデザートのお菓子と果物」

「あのさ、ちょっと少ないような気がするんだけど」

ローストビーフの肉塊は少々小さいような気もしたが、各自に二枚ずつはいき渡っているはずだ。

「でももの足りないんだよな」

恭一はこういうところに非常に気がまわる。それは妻にとって、そう気分のいいものではない、ということには気づいていない。

「じゃ、私、急いでもう一品つくるわ」

「そうしてくれよ。酒がうまいせいか、なんかものがどんどん入るんだよな」

キッチンを出て行こうとする恭一の肩がぐらりと揺れた。それに手を貸そうとしたがやはりやめて、冷蔵庫の扉を開ける。今日の買い物のついでに買ってきた牛のひき肉があった。

それをフライパンにぶちまけ、手早く炒めた。少し濃い目に醤油で味をつける。

乾物入れを覗《のぞ》くと、マッシュポテトの箱もあった。久しく使っていないので不安だったが、ビニールの口はきちんと洗濯バサミで閉じられていて、なんのさしさわりもない。

これを湯とミルクでもどし、ひき肉の上に重ねた。チーズをふりかけ天火に入れる。上にうっすら焼けこげがついたら出来上がりだ。

自分の思いつきに、香苗はすっかりはしゃいでいた。ミトンで耐熱皿を持ち、走るようにしてテーブルに運ぶ。

「さっ、さっ、熱いうちに召し上がれ。即席ポテトグラタンよ」

その時香苗は栗田を見た。なぜ彼の顔を凝視しなければいけないか、その理由をずっと前から知っていると思った。

「あ、これ、オレの大好物なんだ」

五反田の古いアパート。狭い間取りだったが、小さな台所にもかかわらず、なぜか天火があった。

「前に外人が住んでて、そいつがはめ込んだらしい。今度これ使って何かつくってくれよ」

オレは田舎育ちだから天火の使い方などわからないと栗田は言った。香苗の家も東京ではないが、料理好きの母親は天火をきちんと使いこなしていた。見よう見まねで、焼きリンゴをつくったら、それはなかなかうまくいった。ローストビーフの肉などとても買えなかったが、ミートローフぐらいはすぐにつくれるようになった。そして料理の本で見て、香苗なりに工夫したのがこのポテトグラタンだったのだ。

「うまいんだよな、これ。ポテトの味がほくほくしちゃって」

栗田はくんくんと鼻を鳴らす振りをする。

「香苗の得意料理だったわけね」

久美子より早く口を開いたのは君子だった。

「そお」

栗田は力強く答える。

「オレがこれを気に入ったから、しょっちゅうつくってくれたの」

誰かがこの後、気のきいた冗談を言わなければいけなかった。たとえば久美子が、

「そうかあ、こういうものを食べてたから、私のつくったものを不味《まず》い、不味いって言ってたのね。ひどいわー」

芝居じみた悲鳴を上げなければいけなかった。それなのに彼女は、ひっそりとポテトの山をフォークで崩している。

たいしたことはない、と香苗は結論を下す。別に隠していたわけではない。大人同士既に了解済みの事実ではないか。ちょっといつもと違うことが起こったが、それがどうしたというのだろう。

「これ、おいしいだろう。オレは芋なんか好きじゃないんだけれど、これだといくらでも入っちゃうんだよな」

あの頃会社は週休二日ではなかった。土曜日の午後、香苗は栗田のアパートへと急ぐ。レコードをかけ、テレビを見、そして香苗は小さな台所へ立つ。

腹が減ったよ、何かつくってくれよ。ちょっと待ってよ、手を離してくれなきゃ、何も出来ないじゃないの。いや、駄目だ、このまんまで台所へ行くんだ。馬鹿ね、あなたは変態よ、もし窓から覗かれたらどうするつもりなのよ……。

忘れられると思っていた。忘れたと思っていた。それなのに今、いち時に溢《あふ》れ出る。止めようと思っても止められない。自分の脳は、思い出と同じようにコントロール出来ると信じていた。それなのに突然、さまざまな情景が次から次へと現れて香苗を混乱させる。

「ねえ、私、前から思ってたんだけど」

ゆっくりと君子が口を開いた。

「栗田さんって、どうしてこんなにおいしい料理をつくってくれた恋人が、他の男と結婚しても、平気で四人で会えるの」

「そんな、香苗さんは恋人というわけじゃ……」

そう言いかけて栗田は、だらしなく唇をゆがめたが、もうそんな必要はないと判断したのだろう。今度は胸をそらすようにして言った。

「僕たちはみんな大人だから」

「そうよ、本当に大人よねえ」

君子はひとり大きく頷《うなず》く。酔いが進むと彼女は青ざめて見える。それなのに止めに入らない自分が、香苗は不思議だった。

「よくさ、女房の昔の恋人とか、亭主の前の女とかと、夫婦で仲よくなっちゃう連中っているのよね。本人たちはすごく粋《いき》がっているんだけど、薄汚いのよ。香苗たちって、そういうのでもない。二組で一緒にいても、少しも楽しそうじゃないんだもの。こういうことって、あなたたちには似合わないわよ」

「そうかなあ、僕たちは結構楽しくつき合ってますよ。我々はとてもよく似ている夫婦だからね、経済的にも、環境も、子どもがいないところもそっくりだ」

栗田は今度は、とぼけたふうにやりすごそうと努めているようだ。君子は実に意地悪気に、ふふんと鼻で笑った。

「それって、女房も似てるっていうことかしら。私から見ると、恭一さんと栗田さんってどこか似たところあるけど、香苗と久美子さんってまるで違う。似た夫婦なんてめったにあるもんじゃないわ。あなたたちって全然違う組み合わせよ。共通点はね——」

ここで君子はまた小さなげっぷをした。

「どちらもこういう交際が出来るほどさばけてもいないし、おしゃれでもないっていうこと。だいいち嫌らしいじゃないの。昔、さんざん寝た女とその亭主を前に、昔、女がよくつくってくれたポテトグラタンを食べるなんてさ」

香苗の声とからだは動かないままだ。君子をたしなめると、彼女の今言ったことはすべて肯定されてしまう。もうそれらは歴然とした事実としてテーブルに横たわっていたのだが、覆いのナプキンをとりのけて君子がフォークでつつき始めた。誰かがやんわりとした笑いで、もう一度覆いをかけてくれなくては困る。

そして栗田は、自分がその役を引き受けようと決心したかのようだ。いや決心というほど大げさなものではなく、反射的に彼はいくつかの言葉を口にした。

「君子さん、もうみんな昔のことですよ」

「あの時、ああだった、こうだったと言っている年齢でもないでしょう、我々は」

そして最後に言った。

「寝た、寝ないなんてたいしたことじゃないね。この頃になってやっとわかった」

「へえー、そうなんですか」

君子はわざとらしく目を丸くする。

「そうだよ。いろんな女の記憶が混ざり合って、ごっちゃになって、ひとかたまりになったまま薄れていく。オレなんか行きつけのバーに行くだろ。あれ、この娘とは寝たっけ、そうじゃなかったっけって、まるっきりわからなくなってくるんだ」

久美子は平然として聞いている。

「それでね、女の子をつかまえて、オイ、お前はオレと寝たことあったっけなんて聞いてみる。すると違うわよ、栗田さんが浮気したことあるのはユミちゃんよ、なんて言われるんだけど、オレは絶対その娘の裸のおっぱいを見た記憶が確かにあるんだよな。若い時ならともかく、寝た、寝ないなんてささいなことだ。オレはこの年になって本当にそう思うね。それよりも今、みんなで楽しくつき合ってるかどうかっていうことだよ」

ポテトグラタンとワインで夕食をとった後、香苗と栗田はベッドに入った。彼の背中はうっすらとやわらかい毛が覆っていた。よく見なければわからないような、細いうぶ毛。それに唇をはわせていくと、栗田は奇妙な声をたてる。それがおもしろくて、香苗は執拗に唇を押しあてた。

あれは恭一ではない。栗田の記憶だ。恭一の背中はのっぺりとしていて、小さなシミがいくつか散らばっているだけだ。二人はまるで違っている。その違いを香苗はよく知っている。

そう、自分は栗田と寝た。栗田と寝た。決して一緒くたにはならないのが記憶というものだ。

「じゃあさ、栗田さんが言うのは、そんな道徳めいたこと言うよりも、不必要なことはとり除けて、思い出さないようにして、今の人間関係を楽しもうっていうことね」

「そうだよ、もう後ろを振り返る時間なんてないよ、オレたちには。もっと年寄りになったらするかもしれないけれど、今は自分にとっていいことだけをピックアップして、後は切り捨てていく。もう若くないんだからね。寝た、寝ないなんて小さなことで大切なものを失うことはないさ」

「そうかあ、私、悩んじゃって損しちゃったァ」

背伸びするように君子はからだをそらした。

「どうってことなかったのね。私と恭一さんとのこと」

もう栗田も口をはさまない。誰もが恭一の顔を見ないようにするために、うつむいて冷めたポテトを食べる振りをした。

「あ、そんなに気にしないで。半年も前の話で、あっという間の出来事よ。飲むとこでばったり会って、まるっきり何も考えずにそうしたわ。本当にあっという間よね。それでも時々は会って、五、六回はしたっけ？」

君子は恭一に向けて、顎をしゃくり上げるようにしたが、何の返事も得られなかった。

「もっとドライに割り切って、うちにこれからも遊びに来てくれよなんて言われたけど、私なりに考えちゃってさあ、これでもいろいろ気を遣ったわけよ。寝たなんてどうってことない。本人が割り切りさえすれば、すっかり忘れることが出来る。ゼロになるんだって言い聞かせたんだけど、私、いろんなことがすごく嫌だった。だからあなたたちのことに、腹もたったわけよ。この家に来なきゃいいんだけどさ、香苗に気づかれるのも怖かったから、いちいち無理しちゃって」

「私、気づいてたわ」

夜遅く帰ってきた恭一が妙にそわそわしていたこと、君子をうちに呼べと言ったり、その後で、いやそんな必要はないとつぶやいたこと。小さな矛盾は、今いっきに大きな解答になったが、それを以前から知っていたと宣言するのは、とっさに出た妻の自負というものだ。

「君子はものすごくエスニック料理が好きだったわ。香辛料や香菜に目がないの。それがある時からいっさい口にしなくなった。恭一はね、においにとても神経質だわ。セロリにだって嫌な顔をする。おかしいなあって思ったのはその時からよ」

久美子がわっと泣き出した。

「私、嫌よ。なんて下品なの。たった五人しかいないテーブルなのに、寝たカップルが四組もいるのよ。すごい順列組み合わせよねえ、なんて、なんて嫌らしいの」

妻の肩に栗田は手を置く。大きな温かい手。甲のあたりは背中よりも濃い毛が生えている。その指は何度も香苗の奥深いところに入り、往復運動を続けた。

どうしてそれらのことが消えたと思ったりしたのだろう。多摩に野鳥料理を食べに行った帰り、温泉にでも皆で入ろうと栗田が冗談を言った時、胸が大きく鳴ったこと。ゴルフ場でビールを飲む栗田の喉仏。空を仰ぐ横顔。

わき起こってくる小さなものを、なだめ、表面に出ないようにたしなめ、けれど誰にも気づかれないように瞬時に取り出してすぐにしまう。余韻《よいん》の緊張だけで胸が音をたてているのを確かめるのは楽しかった。その陰では快楽を匿《かく》しているのは自分だけだと長いこと思っていた。

けれど夫も君子も、そして栗田もそれは持っていたのだ。そしてそのことによって、自分たちは長く続いていた。今、やっとわかった。

「それにしても——」

恭一が声を発したので、四人はいっせいに彼の方を見つめた。

「夕食を続けようじゃないか。僕の妻がみんなのために心を込めてつくったものだ。話し合いは各自、家に帰ってからしようじゃないか」

その短い言葉の中に、香苗はたくさんの救いの暗号が隠されているのを知る。

「そうね、デザートにチョコレートケーキもあるわ。君子の子どものためにも多めにつくっておいたの。男の子だから、とてもたくさん食べるの」

食後酒はいらないだろう。デザートの後で、高らかに終了を告げようと香苗は決心した。

二人の秘密

スポーツクラブの中に、会員だけが使えるバーがある。バブルの絶頂期につくられたこのクラブは、入会金が週刊誌の記事になるほど高かったが、その替わりすべての施設がゆったりと豪華につくられていた。バーも坪数の割にはテーブルの数が少なく、商談にも使えるよう小さな個室が二つある。

ゆっくりと落ち着いて話が出来るところ、という相手の要求であったから、真家常雄《まやつねお》は右側の部屋を予約しておいた。

約束の時間ぴったりに店に入ると、顔見知りの黒服が、

「お連れ様はもうお着きでございます」

と常雄に声をかけた。その表情にかすかな非難と驚きが込められていることに常雄は気づく。彼はゴルフ以外のスポーツはあまりやらなかったから、ジムの方にはめったに足を運ばない。バーの利用が専《もっぱ》らであった。この店は隠れ家的な寛《くつろ》いだ雰囲気が気に入って、月に何度か飲みにくる。医者仲間や、ゴルフを共にする友人が多い。が、彼らと待ち合わせをした際に、このような咎《とが》められるような視線にあったことがない。

「相手の男は、よっぽどひどい男なのだろう」

いっそのこと、このまま引き返すことが出来たらと常雄は思った。病院を経営する立場上、今まで何回もゆすり、脅《おど》しの類を経験してきた。つい先日も、妙な名前の出版社

の名刺を持った男が、取材と称してやってきた。常雄の病院で起こった院内感染について記事にしたいというのだ。根も葉もないことであったので、こちらが上手《うわて》に出て追い払ってやった。が、もちろんこんなことばかりではない。事務局長に言いつけて、いくらかの金を握らせることもある。が、今日の相手はいつもと勝手が違う。

「奥さんのことについて、ちょっとご相談したいことがあるんです」

と相手の男は切り出してきたのである。

「相談というのはどういうことでしょうか」

医学博士にして病院長という威厳を保ちつつ常雄は問うてみるが、相手はそう怯《ひる》まなかった。

「電話ではちょっと言えません。お目にかかった時に、はっきりと申し上げます」

こんなセリフを、何度か聞いたと常雄は思った。たまたまチャンネルを替えたりした時に、ドラマをやっていることがある。恋愛ドラマでも、殺人が起こる刑事ものでも、人妻の犯罪が暴かれる時の会話はたいていこんな感じだ。

「もし、もし、奥さんのことでちょっとお知らせしたいことが……」

「えっ、それはどういうことなんですか」

「詳しくは言えませんよ。会ってお話ししましょう」

自分はあのドラマの中の、小心で間抜けな亭主の役なのだなと常雄は思った。ドラマの中で、

「おかしなことを言うな、警察を呼ぶぞ」

などと怒鳴る夫はひとりもいない。みんな不承不承、約束の場所にやってくるのだ。それはなぜかというと、「身に憶《おぼ》え」という屈辱的な事実があるからである。常雄もそうした夫の一人である。

妻の百合子《ゆりこ》の異変に気づいたのは、いったいいつ頃《ごろ》であったろうか。ある夜、ベッドの中で百合子はしくしくと泣き続けていたものだ。

「あなた、今月も生理が来なかったの……。どうやら私、上がった、っていうことらしいわ」

常雄はその時、医者としてさまざまな指示を与えたものだ。百合子の年齢からして、決して早過ぎる更年期ではないということ。更年期というのは、女性であるならば誰でも体験しなければならない身体の変化であって、これが重症になるか、軽くやり過ごせるかは本人の気持ち次第であると、常雄は何冊かの本を買ってやったりもした。最近は医者の立場から見ても、かなりよい更年期の本が出まわっているのだ。

「でもね、私、これでもう女としてはお終《しま》いなのね。そう考えると、本当に淋《さび》しくって

つらいわ。子どもも産まないまま、私の人生は終わってしまうんだわ」

こうした妻の言い方も、決して尋常とは言えなかった。普段の百合子なら、こうしただらしない自己吐露はしない。常雄に甘える時も、どこか凛《りん》とした爽《さわ》やかさは持っていたものだ。

「馬鹿なことを言うもんじゃない」

常雄は大声で叱った。

「それで百合子が変わるわけじゃないだろう。君は相変わらず綺麗《きれい》でとても魅力的だ。今後はそれを磨いていけばいいことじゃないか」

けれどもそんな自分の言葉が、何の役に立ったろうかと常雄は思う。生まれも育ちも、金にも、美貌《びぼう》にも恵まれて育った百合子は、人並みはずれたプライドを持っている。それが傲慢《ごうまん》という腐臭を帯びなかったのは、ひとえに本人の賢こさゆえであったろう。けれども更年期という大きな転換を前にして、百合子は平常心を保てなかった。それを決定的にしたのは百合子の父親の死である。自分を溺愛《できあい》してくれた父の死を、百合子は一見冷静に受け止めていたようであった。葬儀でのふるまいも、非のうちどころがなかったが、実はあの日を境いに、百合子は少しずつ狂い出していったようなのである。

そんな妻を、自分は見守るだけだったではないかと常雄は思う。責めることをせず、根気強く許し、見守ってやることが愛情だと自分に言いきかせた。嫉妬《しっと》の情で苦しむ時は、妻もまた苦しんでいるのだと思った自分は、何という欺瞞者《ぎまんしゃ》であったのだろうか。その結果が、今日会う男というわけだ。常雄は知らず知らずのうちに、妻を危険な輪の中に追い込んでいったらしい。

個室のドアを開けた。ビールのグラスを持っている男が座っていた。流行というものであろうか、アロハのようなシャツを着ていた。自由業の男だと、常雄はすぐに見当をつける。時々こういう男たちを見かけることがある。いい年をして、派手な若づくりをしていたり、髭《ひげ》をたくわえている輩《やから》だ。が、その時常雄の胸の中に、安堵《あんど》によく似た落ち着きが湧《わ》く。もし相手の男が、自分と同じようにスーツにネクタイといういでたちであったらどうであろう、まず激しい憎悪を感じたに違いない。けれども目の前にいる男は、常雄がいるところとは全く別の世界の住人だ。これは妻の狂いの何よりの証拠ではないか。百合子は普通の心を持って、この男を愛したわけではないのだ。だから何も臆《おく》することはないのだと常雄は自分に言い聞かせる。そもそもたかりに来た人間に、まともな者がいるはずがないではないか。

「はじめまして、坂田《さかた》と言います、お先にやってますよ」

そうだ、坂田という名前だと常雄は記憶をたどる。妻の携帯電話に残っていた留守番電話、ホテルのルームサービスの伝票のサイン……、百合子は実に多くの痕跡を夫の前に残したものだが、この男が坂田というのか。

「真家です」

常雄は椅子《いす》に腰をおろした。気づくと窓際のこの席が上座ということになる。先に来てビールを飲んでいるものの、坂田はやや下手に出る腹づもりらしい。あるいは席順など全く気にとめぬタイプなのかもしれない。

「お電話をいただきましたが、いったいどういうご用件なんでしょうか」

真家は不快さがいちばん濃く見える表情をつくったが、すぐにやめた。ウエイターが注文を取りに来たからだ。

「僕のボトルを持ってきてくれたまえ。氷と水を用意してくれれば後はいい」

その後気まずい五分間が続いた。ウエイターが注文の品を持ってくるまで、話の本題に入れない。

「このところ急に暑くなりましたね」

坂田が言った。どうやら彼は、沈黙に耐えられない気弱さの持ち主らしい。

「梅雨の前だっていうのに、この暑さはたまりませんね」

「そうですね、やっぱり地球がおかしくなっているのは本当かもしれませんね」

どうして妻の浮気相手と、天気の話をしなくてはならないのだろうかということになるが仕方ない。ウイスキーと氷はなかなか届かなかったのである。おまけに店の方針として最初の一杯はウエイターがつくってくれる。

「そちらにも」

「いや、僕にはビールをもう一杯」

おかげでもう少し天気の話を続けることになった。やっと坂田が切り出してきたのは、二杯めのビールを半分ほど飲んでからだ。

「正直に申し上げますが、実は一年ほど前から、おたくの奥さんとおつき合いをさせていただいています」

ほう、と常雄はつぶやいたが、そのことは薄々気づいていたというニュアンスを込めたつもりである。けれども相手はそのことに反応せず、急《せ》いて喋《しゃべ》ろうとする。

「それからもっと正直に言いますが、僕は今、とても金に困っています。実は近いうちにまとまった金が手に入らないと、今住んでいるところも、仕事の信用もすべて失《な》くしてしまうことになるのです」

ほう、と再び常雄は言ったが、これには思いきり軽蔑《けいべつ》を込めたつもりだ。

「だから真家さんに、ぜひともお金を用立てて欲しいんです」

「これはおかしなことをおっしゃいますね」

我ながら何という貫禄に満ちた声だろうかと常雄は思った。男との格の違いを声で表したつもりだ。こんな男とつき合う百合子をつくづく哀れだと思った。哀れという感情は、嫉妬をも楽々と押さえつけて、自分はまだ本当に妻を愛しているのだと常雄は思った。

「あなたの今のお話は、全くよくわからない。妻があなたと親しくさせていただいていたことと、あなたがお金に困っていることとが、どうやって結びつくんでしょうかな」

「端的に言うと、この写真を買っていただきたいのです」

坂田はまるで手品のような素早さで、シャツのポケットから二枚の写真を取り出した。写真をこれほど無造作に扱うことに、まず常雄の強い怒りが湧いた。

写真といっても、こういった写真にありがちなポラロイド写真である。妻の百合子は、ブラジャーをつけていたが、下まで大きくずり下げられていたから、乳房が丸出しになっていた。年相応に黒ずんだ乳首に記憶があった。最後に百合子を抱いたのは、いったいいつのことだったろうかと、常雄は唐突に考える。写真を見たとたん自分でも意外なほど冷静になった。それは写真の中の百合子が、あっという驚きの表情をしていたせいかもしれぬ。もう一枚のスリップをはだけた写真も同じだった。おそらくこの男は、突然ポラロイドカメラを取り出したのであろう。妻がもし、共犯めいた笑いでも浮かべていたら、自分はきっと許さなかったに違いない。

「二千万円で買っていただきたいんです。あれだけの病院を経営していらっしゃるんですから、このくらいの金、どうということはないでしょう」

坂田はなぜか勝ち誇ったように言う。

「とんでもありません。二千万円といったら大金です。それに私はあの家の婿《むこ》養子の立場ですからね、私にそんな力はありませんよ」

「そんなはずはないでしょう。奥さまの方に借金をお願いしたら、うちのお金はすべてあなたが管理をしているということでした」

「あなたは、もう妻の方に、こういう脅しをしているのですね」

怒りのあまり常雄の声が震えた。男と会話を交すことによって、脅迫ということがやっと現実のものとなったせいだ。しかし坂田はこのことを否定した。

「いや、写真を見せたりはしていません。ただ借金を申し込んだだけです」

「それだけは絶対にやめてください。彼女をとことん傷つけることになってしまう」

あの誇り高い妻が、この写真のことを知ったらどれほど苦しむことであろう。もしかすると自ら命を絶つかもしれない。いや、今の百合子だったら充分に考えられることだ。

「今、妻は病気なのです。あなただって気づいていたでしょう」

病気だからこそ、お前のような男を相手にしたのだ。そうはっきりと口に出来たら、どれほど気分がよいだろうかと常雄は思った。しかしそれは危険なことだ。医者として培《つちか》われた慎重な部分が、こういう男を怒らせてはいけないと指示しているのである。

「奥さんに見せないためにも、この写真を買ってください。私はもう、どうにもならないところまで追いつめられているんです」

「坂田さんは、どういうお仕事をされているんですか」

「グラフィックデザイナーです。よくある話ですが、景気のいい時に株に手を出しました。地道に仕事だけしていれば、こんな恥ずかしいことをしやしません」

グラフィックデザイナーというのが、どういうことをするのか常雄は皆目見当がつかない。が、半分水商売のようなものなのだろうか。人の女房に手をつけ、それを元に夫をゆするなどというのは、堅気《かたぎ》の人間だったら思いつくことではない。

「この写真は正真正銘二枚だけです。ポラロイドですからネガもありません。僕はもう奥さんとは会っていませんから、この写真をお渡しすれば、証拠は何も残らないことになります」

「私は正直なところ、この写真にそれほどの価値があるとは思えませんが、私がもし嫌だと言ったら、あなたはこの写真をどのようにお使いになるつもりなんですか」

「そりゃあ、いろんなやり方がありますよ」

男は実に卑しい笑いをした。ヤニのせいなのであろう、前歯の下がかなり黒ずんでいて、煙草《たばこ》嫌いの常雄は思わず顔をそむけた。

「ブラックジャーナリズムというところに買ってもらうことも出来ます。彼らは私なんかと違って本当に悪質ですよ。この写真をチラシにして、おたくの近所にぺたぺた貼るなんてことは朝飯前です」

「いいかげんにしろ！」

勝手に手が動いた。言葉は理性でコントロールすることが出来たが、身体はそうはいかなかった。常雄は思いきり強くテーブルを叩《たた》いていたのである。アイスジャーが大きな音をたて、ウイスキーグラスの水面が左右に揺れた。

「お前みたいな奴《やつ》、警察につき出してやることも出来るんだぞ」

「それでも構いませんよ。でも警察沙汰《ざた》になったらマスコミが面白がるでしょうね。僕はそれを心配しているんです。だから穏便に済ませようとしているんじゃありませんか」

結局常雄は二枚のポラロイド写真とひきかえに、一千万円を坂田の銀行口座に振り込んだ。そのために定期をひとつ解約しなければならなかった。もちろん百合子には黙っていたのであるが、偶然銀行からの通知を見たらしい。

「ねえ、一千万、何に使ったの」

夕食の席で百合子が問うてきた。

「ちょっとね、友人に貸してやったんだ。君に黙っていたのは悪かったけれど、学生時代からの大切な友だちだからね」

「ふうーん、そうなの」

百合子はそれ以上関心を示さず、冷たいクリームスープを匙《さじ》ですくった。若いお手伝いがつくったそれは、じゃが芋がよくつぶれていず歯触わりが悪い。以前は料理が得意で、それを楽しんでいた百合子であったが、最近は億劫《おっくう》がってめったに台所に立とうとはしない。長い時間立っているとめまいがするというのだ。

夏のこととて百合子は青い麻のワンピースを着、髪を高く結《ゆ》い上げていた。普段家の中にいる時にも、百合子はきちんとしたものを着、化粧をうっすらとしていた。亡くなった彼女の父親が、そういうことにうるさかったらしい。けれども今よく目を凝《こ》らしてみると、百合子の顔はかすかにむくんでいる。このところ通っている婦人科の薬の副作用らしい。

もう少しだ、もう少しだと、常雄は心の中で妻を励ましてみる。お前はあまりにも繊細で優し過ぎた。そして他の女よりもはるかに美しかった。だから中年になって起こるさまざまなものに耐えることが出来なかったのだ。けれどももう少し頑張れば、きっと出口は見えてくる。お前の狂いや悩みももう少しなのだと常雄は思う。

これは全く不思議なことであったが、妻の痴態を撮った写真を見せられても、常雄は妻を厭《いと》うことも憎むこともなかった。それどころか妻の秘密を守ってやれたという満足感が、日々に強くなっていく。考えてみると、本当におかしな夫婦だったなと、常雄は老人のように考えることがあるほどだ。百合子の父親に見込まれ養子に入ったという、他人から見れば打算だらけの結婚であったろう。最初のうち、常雄は妻を愛することにずっと照れていたものだ。まだ若かったから、大病院のひとり娘と結婚した自分のことを、人がどう見ているか気になって仕方なかった。妻の美しさや育ちのよさが高慢に見えたこともある。

おそらく百合子の父親は気づいていたことであろうが、百合子を裏切ったことが何度かある。若い看護婦に手を出したこともあるし、クラブに勤める女と深い関係になったこともある。が、百合子の深い心の底をいつしか覗《のぞ》くようになった時、傲慢なのは実は自分の方だと常雄は気づいた。自分の頭脳と将来が、不当に扱われているとずっと考えていたのではないか、自分という人間の価値は、こんなものではないぞと、ずっと肩をいからせていたのではないか。素直になって百合子を見つめると、妻の心の傷がはっきりと浮かび上がってきた。父親の期待にかなう娘になろうと、ずっと努力してきた少女時代、けれども両親が本当に愛しているのは兄ではないかという疑問、そして大好きな兄に突然逝《い》かれてしまった衝撃《しょうげき》……。常雄はおそるおそる妻に手を伸ばした。すると百合子の方はそれに縋《すが》りついてきた。こちらがたじろぐほどの力強さでだ。葛藤の末、この夫と妻とはやっと〝愛し合う〟ことを始めたのである。

そして百合子の父親が死んだ時から、その愛するに〝守る〟ということが加わるようになった。亡くなる前に、百合子の父は常雄に言ったものだ。

「あれの育て方を間違えてしまったのかもしれんな。何の苦労もさせないようにして君のような素晴らしい伴侶《はんりょ》も見つけてやった。けれども人間が、全く苦労をせずに生きるなんてことが出来るわけがないんだ。中年になったら親の死やいろんなことに直面しなくてはならない。百合子がそういうことに耐えられるかどうか、私は本当に心配でたまらない。常雄君、どうか百合子を守ってやってくれたまえ……」

そうだ、あの時に彼の魂が自分に乗り移ったのかもしれないと常雄は思う。そうでなければ、どうして妻に対してこのような気持ちを抱けるだろう。夫の妻に対する愛情というのは、もっと自分勝手で単純なものだ。自分のようなこれだけ深く慈《いつく》しみにとんだ愛情は、もしかすると父親のそれに近いものでないかと常雄は考えることさえあった。

「百合子、君、あんまり食べていないんじゃないのか」

「ちょっと控え気味にしているの。そうでなくても頬《ほお》におかしな肉がついて……」

どうやら百合子は顎《あご》の線が次第に崩れていくことを案じているらしい。

「そんなことを心配するよりも、ちゃんと食べた方がいいよ。大体、この頃の君は……」

ちょっと元気がないよ、という言葉を常雄はぐっと呑《の》み込んだ。その原因を自分は知っているからである。それにしても、あんな男でも百合子は恋していたと錯覚していたのであろうか。もし恋というものが、今の妻を救う手段であるとするならば、自分はこれからも見て見ないふりをすることが出来ると思う。が、もう少しましな男という条件がつく。自分にそんな広い心などあるはずはないだろうが、出来ることならばこれぞと思う男を妻のために探し出してやりたいとさえ常雄は夢想し、そんな心をまた異常だと己で咎めてしまう。

坂田から二度めの電話があったのは、夫婦で伊豆へ小旅行に出かけてすぐの時であった。

「このあいだはありがとうございました。おかげさまでとても助かりました」

坂田からの電話は穏やかで、常雄は一瞬お礼の電話かと思ったほどであった。

「けれども困ったことが起きましてね……」

「何でしょうか」

「いただいたお金で、いろいろ借金を整理してみたのですが、あと七百万円、どうしても足りないんですよ」

怒りというよりも、恐怖が胃の奥からこみ上げてくる。相手を小悪党と踏んでいたのであるが、小悪党は小悪党なりに旨味《うまみ》を知ったからには食らいついてくるものらしい。

「あなたが七百万円足りなかろうと、こちらには全く関係ないことですよ」

「それがですね、実に言いづらいことなんですが、ポラロイド写真がもう一枚出てきたんですよ」

「貴様！」

病院の自分の部屋だということも忘れて、常雄は大きな声をあげた。

「貴様、卑怯《ひきょう》だと思わないのか。一回こちらがいい顔をしたからって甘く見るなよ。いつもそっちの脅しにのると思うな」

「それは構いませんが、真家さん、人間っていうのはとことん堕《お》ちていくもんなんですね。追い詰められると、人間どんなこともするもんだってよくわかりましたよ」

それでは二日後、もう一度ご連絡しますからと言って電話は切られた。しばらくは身体が震えて、常雄は口をきくことさえ出来なかった。内線をかけてきた職員が、どうかしましたかと尋ねたほどだ。

どうしてもあの男を生かしておくことは出来ないと、常雄は決心する。あんな人間のクズは、生きていても社会の役に立つわけはないであろう。

生かしておくことは出来ない、絶対に、とつぶやいた後で常雄は愕然《がくぜん》とする。生かしておくことは出来ない、ということは殺さなければならないということであろう。

仕事柄、死はいつも常雄の日常にあった。大きな声では言えぬが、医者という仕事をしていたら誰でも二度や三度は、命にかかわる失敗を犯している。あれも広い意味で言えば殺人と言えないことはない。けれどもそれと、自分の手で人を殺《あや》めることとなれば話は全く別だ。

「自分にそんなことが出来るだろうか」

彼は自分に問うてみた。が、考えれば考えるほどそれはたやすいような気がしてくる。

病院の薬品庫には、何種類かの危険な薬が保管されているが、それを使えば、人間のひとりや二人、簡単に死なせることが可能だ。けれども問題はその後で、そうした薬を手に入れることが出来る人間というのは限られてくる。病院関係者とすぐにわかってしまうだろう。あんな虫ケラのような男のために、犯罪者になるのはまっぴらだった。結局、人が人殺しをしないいちばん大きな原因は、殺人者になりたくないためだと常雄は思う。殺されて当然の人間は、この世に何人かいる。それと同じ数だけ、殺したい人間とその理由が存在している。それなのに世の掟《おきて》は、殺人を絶対的に認めない。これから一生、あの男に金をむしりとられるのかと、常雄は歯ぎしりする。金だけならいい、あの男に脅《おび》え、卑屈に仕える人生が始まるのだ。

その時、常雄の脳裏にひとりの男が浮かび上がってくる。四年前、交通事故に遭った老人を院長の常雄自ら執刀した。その前に知り合いのさる国会議員から電話がかかってきて、友人なのでどうしても助けて欲しいと言ってきたのだ。かなりむずかしい容態であったが、手術はうまくいき老人は助かった。手術当日、廊下に立つ黒服の男たちを見て、もしかしたらそうかなと思っていたが、老人は日本でも有名な組織の頂点に君臨していた。

「先生、これは一生の恩にきます。といっても老い先短かいが、本当に先生のためなら何でもいたしますよ」

老人と常雄とは妙に気が合って、診察の合い間に時々話し込むようになった。

「先生、先生がもし本当に殺したい人間が出来たら、私におっしゃってください。撃ったり、首を絞めたり、刺したりするのはいけません。あれはシロウトさんがやむにやまれずすることです。最初から殺人だと明かしているようなものじゃありませんか。私にやらせてくだすったら、そりゃあうまくいたしますよ」

そんなことが出来るのかという問いに、老人は、軽く頷《うなず》いた。

「人が見ている盛り場で喧嘩《けんか》をふっかけます。相手をカッとさせて手を出させます。それからこっちは急所を狙《ねら》って蹴《け》る。どう見ても、通りすがりのチンピラと喧嘩の末、うちどころが悪くて死んだように見えますよ。四国か九州の若い者を使いますから、いくらビラを撒《ま》かれても犯人はまず見つかりません」

それから先生みたいなえらいお医者さんに、こんなことを言うのは失礼ですがと老人は前置きして、

「世の中には金のために何でもする医者が何人もいますよ。ちょっと細工して病院に連れ込めば、いくらでも死亡診断書を書いてくれます」

とも言った。自分のような者が、先生のまわりにいては申しわけないからと、退院してからは二度と会うこともないが、毎年結構な中元と歳暮を送ってくる。あの老人に頼

んでみるのはどうであろうか。自分は全く手を汚さずに、ひとりの人間をこの世から葬《ほうむ》り去ることが出来るとしたら、それは合理的といってもよい。自ら何もしていないのだから、罪の意識に苛《さいな》まれることもないはずだ。

常雄は何度か受話器に手をかけ、そして離すということを繰り返した。本当に老人に連絡をとったのは、坂田から催促の電話があった夜のことだ。

「先生のお役に立てるなんて、こんな嬉《うれ》しいことはありませんよ」

受話器の向こうで、老人は咳《せき》をひとつした。

「ちょっとお聞きいたしますが、先生はお金を振り込まれた時、相手の口座に入れたのですね」

「そうです。銀行の赤坂支店に振り込みました」

「それはちょっとむずかしくなりますなあ。警察がまず調べるのは、おかしな金が入って来ているか、どうかです。よろしい、私がすぐ調べましょう、そして消せるものなら頑張ってみます」

とりあえず明日私の事務所でお会いしましょうと、老人は電話を切った。

こんな経験は初めてであるが、極限までの緊張が去った後、常雄はとたんに快活な気分になったのである。足元の方は、がたがたと震えているのに、上半身と口は勝手にはしゃいでいる。

「百合子」

彼は愛する妻を呼んだ。

「僕がもし大変な秘密を抱え込んだら、それを君と分け合った方がいいんだろうか」

「もちろんよ、夫婦ですもの」

百合子は大きな目をしばたいて見せた。

「よし、約束しよう。僕も君の秘密を受け持つ。だから君も半分抱えてくれ。これは二人で一生抱えていかなきゃいけないいんだ」

「そんな大きな秘密って素敵ね。なんかわくわくしてくるわ」

「そうだとも……」

常雄は妻を抱き締めた。まだ手にしていない秘密が、彼を大層昂《たか》まらせていたのである。

彼の人生で、初めて、そして最大のこのうえなく大きな秘密。それがやってくるとは、まだ信じられない。秘密の重みは自分をどう変えるのだろうか。後悔にさいなまれるのだろうか。それとも忘れようと努力するのか。いずれにしても、彼は半分、妻に背負わせるつもりでいる。それとひきかえに、妻は貞淑さを担うに違いない。今彼は秘密の濃さに酔っている。それは初めて味わう快楽であった。ねっとりと心にまとわりつく、粘度の強い快楽であった。

秘密

陽子の運転する四駆の音はすぐにわかる。バックがあまりうまくない彼女は、そろそろとためらいながら庭の中に入ってくるからである。

台所で洗い物をしていた貴子《たかこ》はすぐに手を止めて、玄関へと急いだ。妹を歓迎するというよりも、姑の絹枝《きぬえ》に先に行ってもらいたくなかったからである。

「おはよう——、お姉ちゃん、いる」

陽子の方も無邪気に大声をあげた後、姑が出てくる可能性に気づいてか、

「高橋《たかはし》ですけど、おはようございます」

とやや丁寧に言い添えた。

早いねと、のれんをかき分けて顔を出した貴子に、陽子は風呂敷包みを高くあげて見せた。

「これ、お赤飯。昨日みちるの入学式だったから」

みちるというのは、今年小学校へ入学する陽子の家の長女である。こちらの風習に従い、赤飯を炊いて配りに来たのである。

「あれー、昨日だったけ。どう、みちるちゃん、ちゃんと入学式出来たけ」

「そうでもないよ。あの子は父親に似て恥ずかしがり屋だから、名前呼ばれても、ハイもちゃんと言えんよ。だけどまあ、仕方ないさ。あの子は早生まれだからぼちぼちやる

さ」

「そうさね、うちの訓男《のりお》だって、最初の頃《ころ》はどうなることかと思ったよ。あの子も三月生まれだから、四月生まれの子とはまるまる一年違うからね。だけどまあ、二、三ケ月もすりゃ何とかなるよ」

「うちの子は訓男ちゃんなんかに比べると、ずっと愚図《ぐず》だからね。まあ、あんまり期待もしんけんどもさア」

姉妹らしい会話を交している最中、絹枝が居間のドアから顔を出した。

「あれー、陽子ちゃん、久しぶりだねー」

「あ、おばさん、おはようございます」

「貴子、陽子さんに上がってもらえばいいじゃん」

「いいえ、入学祝いの赤飯を届けに来てくれただけですから……」

上がってもらえが姑の口癖であるが、よほど親しい近所の人でもない限り、他人を歓迎しないのを貴子は知っている。だから絹枝がいる時は妹が来てもたいてい玄関で立ち話で済ませるのだ。

「あれ、入学式っていったい誰の」

「みちるです、長女の……」

「あれー、そんなに大きくなったけ」

姑はわざとらしいほど、大きく目を見張った。

「このあいだまで、ほんの赤ん坊だったじゃん」

「そうなんです。今年入学式で、親の方もびっくりしてるんですよ」

「旦那さんは元気かね」

「ええ、何とかやってます」

「おらんえの直樹《なおき》も、忙しい忙しいばっかで、休みもうちにいたためしがない。ゴルフだと。百姓がゴルフやっちゃ世の中おしめえだなと、言ってやったら嫌な顔をしてたよ」

「おばさん、今どきそんなことを言っちゃ古いですよ。うちみたいな安月給の男でさえ、コンペだ、何だの言ってる世の中ですからね。ここらへんじゃゴルフが安く出来るんだもの、男の人たちはそりゃあ楽しみにしますよ」

妹のこういう如才ないなめらかさを、貴子はほう、という思いでいつも見つめる。幼い時から、体のあちこちにトゲをたくさん蓄えていた妹が、いつのまにか中年に近づき、ふつうの主婦になりおおせたという驚きである。

「陽子ちゃんは若いねえ……」

後ろ姿を見送りながら絹枝が言った。本人にも聞こえる声の大きさであるが、この場合は誉《ほ》め言葉だからいいだろう。

「私と四つ違うから、今年で三十五歳ですよ」

「へえー、もうそんなになるのかね」

「あの子は結婚が遅かったから、結構いってているんですよ」

「でも本当に若いねえ。いつ見ても綺麗《きれい》にしているねえ……」

姑の言葉にはほんの少しであるが毒が含まれている。子どもがいる三十代半ばの女にしては、外見が派手過ぎると暗に言っているのだ。

今年になってから陽子は髪をさらに派手な色に染めた。茶髪というよりも金色に近い。それに化粧をきちんとしているからかなり目立つ。もともとこのあたりの女は、他《ほか》の地方に住む女に比べ、服装がかなり大胆だと言われている。中途半端に東京に近いことが独得のコンプレックスを生み、荒っぽい風土が女たちの服装を派手にしているのだと指摘する者もいる。髪を茶色に染め、化粧が濃い女が多いのだ。

けれども陽子がそうした中でも特に目立つのは、プロポーションのよさゆえだろう。百七十二センチある。高校時代はバスケットボール部に所属していて、すらりとした脚と高い位置にある尻《しり》は、二人の子どもの母になっても変わらない。ひと重瞼《えまぶた》のどちらか

というと平凡な顔立ちをしているが、

「お姉ちゃん、惜しかったよ。今の時代だったらメイクでどうにもできて、私はスーパーモデルになれたかもしれないのに」

と言って貴子を笑わせたことがある。

少女時代から自分のスタイルのよさは充分わかっていて、陽子はおしゃれに熱を入れた。二人の育った家は平凡な果樹農家であるが、多くはない小遣いをうまくやりくりして、安い流行のものをうまく着こなすのは陽子の方であった。無頓着な貴子とはまるで違う。

陽子は高校を卒業した後、東京の服飾専門学校へ進み、その後小さなファッションメーカーやブティックに勤めていた。デザイナーになる夢はすぐに破れたらしいが、それでも洋服にかかわる仕事をしたいというのが陽子の夢だったのだ。そんな妹が八年前、あっさりと帰郷した時貴子は驚いた。近所の男と平凡な結婚をした自分と違い、陽子は都会に住む女だと考えていたからである。

老いた親のことが心配だったから、東京での生活は大変だからと、陽子はさまざまな理由を口にしたけれども、どうやら男が原因だろうと貴子は思っている。いろんな恋があったらしいが、中のひとりに妻子ある男がいて、そのことがいちばんこたえたようだ。

はっきり口にしたわけではないが、男に見切りをつけるのと同時に、東京での生活にもピリオドを打ったということらしい。

陽子は帰郷した年、高校の同級会に出る。その時陽子にひと目惚《ぼ》れした男がいた。いや、高校時代から知っているのだから思いを深くしたということだろうか。その男高橋は、東京の三流大学を出た後、地元の車の販売会社に勤めている。実家は陽子たちと同じ果樹農家だ。

どちらも東京から帰ってきた、同級生のカップルというのはこのあたりではよく聞く話である。とにかく高橋は押しの一手で陽子に迫り、あっという間に披露宴ということになった。自分も農家のくせに、貴子と陽子の親は、農家に嫁がせることに難色を示したものだ。特に東京で気ままな生活をしていた陽子のことを心配した。けれども今のところ、何とかうまくいっているらしい。たて続けに子どもが二人生まれ、小学校に入学したからといって、赤飯を配るような女に陽子はなっていた。

貴子はそういう妹を見るたびに、奇妙な思いにとらわれるのである。人と同じ格好をするのは嫌だと言って、ジーンズに徹夜で刺繍をしていた陽子の姿をよく憶《おぼ》えている。親に怒られても、化粧をやめなかった。妹はいつまでも若くて綺麗だ、というけれども、会うたびに野暮《やぼ》ったい穏やかさを身につけている。たぶん妹は幸福なのだろうけれども、こうして田舎で少しずつ中年に近づいていく妹を見ていくのは、何か取り返しのつかないことが起こっているような気がするのである。

駅の近くにリサイクルショップが出来た。東京から来た夫婦が始めたものである。こんな田舎でリサイクルもないだろうと言われたものであるが、結構流行《はや》っているらしい。貴子は中を覗《のぞ》いたこともないが、陽子はしょっちゅう行って、あれこれ眺めるのを楽しみにしていたという。

「いっそのこと、ここで働いてみたいと思って、オーナーの奥さんに話しかけたんだ。そうしたら私の東京での仕事聞いて、よかったら手伝ってくれないかって」

「だって陽子、お姑さん、大丈夫なの」

農家の場合、夫が何と言うかではなく、姑が何と言うかの方が重要なのである。

「みちるも学校入ったし、大樹《だいき》の保育園は延長すればいいんだし、昼間の五時間ぐらいどうってことないよ」

夫の高橋も、賛成とまではいかないまでも、そう抵抗を示さなかったという。

貴子は高橋の陽《ひ》に灼《や》けた猿顔を思い出した。二重の大きな目と、笑うと耳まで届きそうな大きな口というのは、若い時はそれなりに愛敬《あいきょう》があるものであるが、三十代も半ばになると中身の薄さがむき出しになってくる。プロ野球の話と近所の友人の噂《うわさ》しかしないというのは、貴子の夫も同じようなものである。けれども貴子の夫よりも、高橋の方がはったりを口にする分、たちが悪いかもしれない。車のディーラーという職業がそうさせるのか、とにかく口がうまく、人をよく笑わせるが、その後は何も残らない。そんな男である。

貴子は地元の短大を出て、しばらく保育士をしていた。この町では花嫁候補としていちばん好まれるコースであるから、すぐいろいろなところから声がかかった。見合いのような、恋愛のような形で結婚した夫が初めての男である。貴子の年でもそれはかなり珍しいことであった。そんな世間知らずの貴子でも、妹の夫がたいした男でないことはすぐにわかる。自分ならあんな男のために夕飯をつくり、一緒に食べることなどご免だと思う。けれども東京という広い世界を知っているはずの陽子が、そんな生活をもう七年も続けているのである。

その陽子であるが、八年めにしてどうやら自分の生活を変えようと考えたらしい。たとえ五時間のパートであっても、外に出ようとしたのは妹にとって大きな変化だと貴子は考える。

陽子が勤め始めてから、今まで通り過ぎるばかりだったリサイクルショップの中に入るようになった。奥の方に陽子はいて、貴子を見かけると嬉《うれ》し気《げ》に手を振った。驚いたことに、いつもひとりか二人客がいる。田舎のことでブランド品などあまりないが、子ども服や封を切っていない土産物の化粧品がよく売れるのだという。

「大きな声じゃ言えないけどさぁ」

人がいない時、陽子は客の噂話をする。

「佐々木《ささき》病院の奥さんって、ごそっと持ち込むよ。ディオールやシャネルの香水、口紅なんかすごいよ。やっぱりお医者さんっていただき物がすごいよねえ」

店に出るようになってから、陽子は髪を少し短かくした。金色に近い色はそのままだが短かい方がよく似合っている。ジーンズに短かめのTシャツといういでたちは、このあたりの農家の嫁と誰が思うだろう。

「私が勤めてから、女子高生がよく来るようになったんだよ。そのうちにカリスマ店員だなんて言われるようになったりして」

陽子は声をあげて笑った。

とはいうものの、東京のブティックに勤めていた陽子のセンスというのはなかなかのものらしい。一ケ月後、貴子が店へ行くと、あたりの様子が変わっていた。ハンガーラックの位置を変え、今までクリーニング屋のビニール袋に入ったままにしていた洋服を、陽子はひとつひとつハンガーにかけて見やすくしたのだ。

「お姉ちゃんのために、とっといたものがあるの」

奥の方からブランド品のジャケットを出してきた。

「これ、絶対に買いなよ。これほとんど着てないよ。三千八百円なんて嘘《うそ》みたいな値段だよ」

仕立てと生地が抜群にいい紺色のジャケットは、息子の学校行事の時などに活躍しそうである。

「でも、やっぱりやめとくわ。佐々木病院の奥さんとすれ違った時なんかに、『あ、私のジャケットじゃない』なんて言われたら困るもん」

「お姉ちゃんらしい言い方だよねえ。本当に昔から先の先のことまで考えるもんねえ……」

じゃ、私が買っちゃおうかなと陽子は言った。

「これってうちで仕入れたもんじゃないよ。だから元の持主に会うなんてことないよ。東京のものなのに、お姉ちゃん惜しかったね」

地元だけでは限界がある。だから東京のしかるべきところへ行って仕入れてくるのだそうだ。

「今度さ、私が東京へ買付けに行くようになるかもしれない。あのさ、ここの奥さん、子どもがまだちっちゃいもんだから、私にいろんなことを頼むようになってきたんだ」

「あれ、じゃここの旦那さんは何をしてるでぇ」

「放浪っていうやつじゃないの」

オーナー夫婦はヒッピー世代よりもずっと若いはずなのであるが、このあいだまで世界のいろいろなところを旅していた。子どもが出来てから、この町に落ち着いたというものの、それでも夫の方はよく南米やアフリカへ出かける。とにかく変わり者の夫婦なのだ、などということを陽子は早口で喋《しゃべ》った。

「そんなわけで、何だか頼られちゃってさあ。奥さんもこの頃は、昼間はずっと私に店番させて自分は来ないのよ。それで売り上げは伸びてるんだから困ったもんだよね」

まんざらでもなさそうだ。

「そうだよ。陽子は昔っから洋服のことになると意気込みが違ったもん。この仕事、陽子に向いてるのかもしれないね」

「ふふ、お姉ちゃんもいらないもんがあったら持ってきなよ。他の人よりも高く買ってあげるよ」

「何言ってんの。私が通販専門なの、知ってるくせに」

「そうだけどさ、使わない貰《もら》いもんがあったら持ってきなよ。あっちのコーナーじゃさ、引き出物で持て余してる茶碗やタオル、うんと安く売るようにしたらさ、結構人気があるんだよ」

その時電話が鳴り、陽子は立ち上がる。チノパンツの尻が貴子の目の前に来た。丸くいい形の尻である。最近体の線が目立つものを陽子は好むようになってきていることに貴子は気づいた。

狭い町なのでいろいろな噂はすぐに耳に入ってくる。身内のものならばなおさらだ。陽子がこの頃、スナックやカラオケボックスによく行くことを貴子は夫から聞いた。

「子どもがまだ小さいっていうのに、よく夜遊びが出来るもんだって、みんな言ってるぞ」

その〝みんな〟というのは、いったい何人ぐらいだろうかと貴子は思う。たとえひとりが口にしたことだろうと、この町ではみんなということになってしまうのである。

「いいじゃん、カラオケぐらい。陽子はまだ若いしさ、どこの奥さんだって、カラオケやお酒、行ってるよ」

「だけど陽子ちゃんは目立つからな。小さい子どもがいて出歩いてれば、亭主や姑がいろいろ言われるんだよ」

「いったいどんなことを言われるのさ」

「亭主とうまくいっていねえんじゃねえかとか、姑さんと仲が悪いんじゃねえかとかさ」

「馬鹿馬鹿しい。あそこのお姑さんはやさしい人だから、きっと陽子に行ってこうし、行ってこうし、と言ってると思うよ」

これは明らかに皮肉というものであった。ひとり息子の訓男が中学生になっても、貴子はほとんど、夜、外に出かけたことがない。リウマチに長年悩まされている姑は、貴子が外に出かけることをひどく嫌がる。結婚前に勤めていた保育園から、他の保育士が産休をとる間だけ来てくれという話があった時も、姑の強い反対でかなわなかったのだ。

貴子の言葉に夫はすぐに不機嫌になり、矛先《ほこさき》が陽子の夫の方に向けられた。

「あそこの亭主もよく飲むなあ。この頃はフィリピンパブに入りびたっているっちゅう話だしなあ。このあいだ『きのこ』で会った時もへべれけに酔ってたしな。夫婦揃ってあんなこんじゃ、子どもの教育にも悪いらなあ……」

余計なことだ。そんな批判が出来るほど自分はいい父親なのかと貴子は思った。夫と姑とでひとり息子を争うようにして可愛《かわい》がる。おかげで訓男はわがままな内弁慶になった。成績もあまりよくない。近くの塾に通わせているのであるが、風邪をひいた、頭が痛いなどと言っては休んでばかりいる。いずれは軌道修正をしなくてはいけないと思いながら、そのきっかけがつかめないのが現状だ。

そんなありさまで、どうして他人の家を気にかけたりするのだろうかと貴子は腹が立つ。このことは自分ひとりの胸にしまっておこうと思ったのであるが、陽子から電話がかかってきたついでについ喋ってしまった。

「本当にイヤになるよね」

陽子は長いため息をつく。

「スナックとカラオケに行ったのなんて、三回か四回ぐらいのこんだよ。みちるの同級生のお母さんに誘われて行ったんだよ。十一時には帰ったしさ。いったい誰が見てるずらねえ。全く人のことはほっといてもらいたいよね」

とはいうものの、働き始めて自分の自由になる心のはずみは、電話の向こうからも伝わってくる。

「あのさ、みちるの同級生のお母さんが化粧品のセールスやっててさ。ちょっと買うとサービスにエステやってくれるわけ。私さあ、エステなんかしたの何年かぶりだけど、気持ちよかったよねえ。次の日は、肌がピンとしたのがわかったよ。お姉ちゃんも今度やってもらえし。やっぱり三十過ぎたらエステはやってもらわんとね」

「そんなヒマはないよ。それにさ、私の場合はもう手遅れだからこのままでいいよ」

「ダメ、ダメ。女に手遅れ、なんていう言葉はないんだよ」

「誰が言ってるだよ」

「このあいだテレビで、何とかっていう評論家の女の人が言ってたよ。その人は五十いくつだけど、週に一回エステして、毎日ストレッチしてるんだって」

「あのさ、テレビに出てるような人は、お金がいっぱいあるだから、そんな人の真似なんか出来るわけないじゃん」

そりゃあそうだけどさと、陽子は一瞬口ごもり、そしてこう告げた。

「私、来週東京へ行くんだよ。出張っていうことかねえ。原宿の問屋みたいなとこ行って、いろいろ仕入れてくるわけ」

「すごいじゃん」

貴子は叫んだ。

「本当にあの店、あんたのこと頼ってんだねえ。頑張るだよ。陽子は昔っから、ここらの子と違ってたもん。同じようにジーパンはいてても、あんただけは違ってた。脚が長い、ちゅうこんもあるけんど、いろいろ工夫してすごくうまく着こなしてたもんね。陽子は将来、デザイナーかスタイリストになるってみんな言ってたっけ」

「それが今じゃ、ただの田舎のおばさんだね」

電話の向こう側で低く笑う声がする。それはいつもの陽子には似合わない自嘲というものであった。

「田舎のおばさんにもいろんな種類あるけど、陽子はただの田舎のおばさんじゃないよ。もしかすると、これからものすごく変わりそうなおばさんだよ」

「そうかね。そんなこと言ってくれるの、お姉ちゃんだけだよ。うちの夫なんか、この頃老けただの、おばさんくさいだの、人の気分を悪くすることばっか言うよ」

「亭主なんてそんなもんだよ。奥さんの気分を悪くさせて、うちにいさせるようにするのが仕事なんだから」

「あれ、お姉ちゃんって過激なこと言うね」

「過激じゃないよ。誰でもわかるあたり前の話だよ。それからさ、東京へ行く時、みちるちゃんとダイちゃん、預ってあげるよ。うちはさ、ほら私がずっとうちにいるから遠慮することはないよ。ご飯食べさせてあげるぐらいのこと、いくらでもしてやるからね。いつでも言えしね」

「本当。悪いね。いいのかね」

しんから嬉しそうな声をあげた。

「東京へ行くなんて二年ぶりだよ。電車に乗ればたった一時間半なのに、どんどん遠いところになるよね。悲しいぐらいに遠いところになるよね」

この感じは東京で暮らしたことのない貴子にはわからない。高校を卒業した時、東京の短大に願書を出したのであるが、女は地元の学校でいいと親に押し切られた。自分よりずっと成績の悪かった兄は、男ということで東京の大学へ行かせてもらっている。東京といっても、八王子のはずれにある新設の大学だ。十人がいて、十人とも名前を知らない大学というのも珍しいかもしれない。兄に言わせると、ほとんど大学へ行かなかったにもかかわらず、ちゃんと卒業させてくれたとてもいい大学だという。そんな話を聞いて、貴子はどれほど口惜しかったことだろう。とにかく旧弊《きゅうへい》な父親であった。この町で何代にもわたり農家をしてきて、葡萄《ぶどう》をつくること以外何も知らないくせに、自分は世の中のことをすべて把握していると思っていた父親だった。だった、といってもまだ生きているのであるが、二年前に患った癌が再発したら、もう生きられないと言われている。この父親に怒鳴られ、命じられ、すべて決められてきた青春時代だったような気がするが、貴子の年代ならば娘はみんなこんなものだろう。末っ子の陽子の時にかなりゆるくなり、東京の専門学校へ進むことが出来たのだ。

そして今でも、東京は陽子にとって、よく慣れた見知ったところらしい。貴子のようにずっとこの土地で生きてきた人間は、用事で東京へ行くとなるとかなり怯《おび》えてしまう。億劫《おっくう》な気持ちが先に立つ。けれども陽子は、メトロの地図を持たなくても地下鉄の乗り換えが出来るというし、ひとりで食べ物屋にも入っていける。初めて東京へ出張した陽子は、かなり興奮して電話をかけてきた。

「お姉ちゃん、私はもう完全なおのぼりさんだよ。山手線に乗り換えて原宿へ行ったんだけどさ、もう、ここはどこだろうかって驚いちゃっただよ。新しいビルやお店がいっぱい出来ててさ、昔どおりのもんは同潤会アパートぐらいだったね」

それでも昼間は表参道のカフェに入り、サンドウィッチとコーヒーを頼んだという。

「もお、楽しかったよ。歩いている人を見ながらさ、コーヒー飲んだらあっという間に一時間たっちゃったよ。早く帰らなきゃって思うんだけどさ、あと一本帰る列車遅らせてもいいかなあ、なんて思っちゃって」

「そりゃ、そうだの」

貴子は大きな声で言った。

「陽子は私と違って、東京で暮らしたことがあるんだから、そういうことが似合うんだよ。一生懸命働いてるんだから、そんくらいのことをしてもいいだよ」

「そうかね。そう言ってもらうと、私もなんか安心するよ」

「別に安心しなくてもいいよ」

妹のこの殊勝《しゅしょう》さが貴子には意外であった。

「陽子は仕事で行ってるんだよ。ちょっとの合い間見て楽しい思いするのに、何の悪いこともないよ。もっと堂々としてりゃいいんだよ」

こうして月に二度ほど、陽子は東京へ出かけるようになった。以前は用事が終わるとすぐに帰ってきていたのであるが、最近は夜遅い列車になることも多い。

貴子は約束どおり二人の子どもを預るようにした。最初は、そんなことは出来ない、などと言っていた陽子の夫であるが、その日は遅くまで飲むことにしたようだ。姑の方は孫の食事づくりから解放されれば文句を言うことはなかった。貴子は夕食を食べさせた後、二人の子どもを風呂に入れ、車で家まで送っていく。子どもたちはパジャマに着替えさせるやいなや、すぐに二段ベッドに倒れ込む。十時を過ぎている。けれども陽子はまだ帰ってこない。

「貴子さん、悪いねえ……」

陽子の姑が車のところまで送ってくれる。人の姑はよく見えると言うけれども、自分の姑と比べると、ずっとおとなしく穏やかな女である。細面《ほそおもて》の顔や物ごしは品があって、息子の高橋はおそらく死んだ父親似なのだろう。

「陽子さんは、この頃東京から帰るのが遅いだよ。なんでも業者の人と打ち合わせしたり、ご飯を食べてくるらしいだよ。子どもがいる家の女が、何もそんなことをしなくってもいいと思うだけどねえ」

「本当に。陽子がこんなに好きなことを出来るのも、お姑《かあ》さんのおかげですからねえ。私が出来ることは何でも協力させてもらいますよ」

そして夜道を車で走りながら、明日は陽子の店に寄ってみようと貴子は考える。ひとつだけ確かめておきたいことがあるのだ。

次の日、季節はずれの大雨が降った。その雨の激しさに、枯れかけた葡萄の葉が何枚も落ちて、

「収穫した後でよかった」

と、貴子の夫は胸を撫《な》でおろしている。訓男がレインコートと傘という重装備で家を出た後、貴子も傘をさして家を出た。横なぐりの雨でカーディガンがぐっしょりと濡れ、レインコートを持っていない貴子は顔をしかめる。この分では陽子の店で何か買うことになりそうだ。

「どうしたの、お姉ちゃん。びしょびしょじゃん」

店に入っていくと、陽子が悲鳴のような大声をあげた。そしてタオルを持ってとんでくる。

「うちだって今日は開店休業みたいなもんだよ。さっき奥さんから電話があって、こんな日に行けない。あなたも適当な時間になったらシャッターをおろして帰ってくれだってさ。ま、私は時給でやってるから、もうちょっと開けておこうかなって思ってるとこだけど。あ、お姉ちゃん、もう一枚タオル持ってくるからそのままでいろしね」

今日の陽子は、黒いニットにデニム地のスカートといういでたちだ。デニム地のスカートといっても、中年の女が好んで着るフレアのものではない。ぴっちりと体に貼りついていくタイトスカートだ。長身の陽子でなければ着こなせなかっただろう。

どこをどうしたというわけでもないが、化粧が巧みになり、その分自然になった。髪の毛も色はそのままであるが、顔になじんできたと言ってもいい。どこを切りとっても、女盛りの香り高さが伝わってくるようだ。

「バスタオルならいいんだけど、うちはこの大きさしかないんだ。いっそのこと、売り物を使っちゃおうか」

再び奥から戻ってきた陽子は、三枚のフェイスタオルを手にしてすまなそうに言う。

「そこにさ、エルメスのバスタオルがあるよ。佐々木病院の奥さんが持ってきたものなんだけどさあ、これはやっぱり使えないからさあ……」

「いいよ、それで。ちょっと借せし」

タオルをひったくるように取ると、貴子はパタパタと叩《たた》き始めた。そうしながら小さな勇気をつけていく。

「あんたさ、この頃、東京行くと帰ってくるの遅いんだってねえ」

「まあね。楽しいからつい遊んじゃうんだよ。遊んじゃうっていってもさ、東京のおいしいお店に連れて行ってもらうぐらいなんだけどさ」

「そういう時、誰と行くの」

「そりゃあ、取り引き先の人とかさ、東京で勤めていた頃の友だちだとかさ」

「その人って、男じゃないだけ？」

すぐさま否定すると思ったのであるが、陽子は黙った。しばらく何も言わない。唇を固く結んでいる。もっと強く責められることを願っているかのようだ。

「あんたさ、東京で誰かつき合っている人がいるんじゃないだけ？」

「どうして、そんなこと言うでえ……」

「このあいだ、あんたが最終の列車で帰って、私が迎えに行った時あるじゃん。眠ってるみちるちゃんたちを乗せてさ、うちまで送って行ってやった時だよ。あの時、あんたお酒飲んでて少しぼんやりしてた。私、あの顔見てピンときたよ。それで私が言ったこと憶えてる？　このまま帰るとまずいからどこか寄ってこうって、土手のところで少し車を停《と》めてたよね。あん時に聞こうと思って、何か言いそびれたんだよ」

「あのさァ」

陽子は不貞腐《ふてくさ》れたように口を開いた。

「私、今、月に二回東京へ行く時だけ、生きてるっていう感じがするよ。こっちの生活の方が、本当は何もないもののような気がするんだよ」

相手は勤めていた頃の上司だという。かつて若い頃、不倫というものをしていた相手も彼だった。奥さんの知るところとなって、随分嫌がらせをされた。もうこの男の人と手を切るためには、田舎へ帰るしかないと思った……。

「好きな人がいて駄目になったって聞いたけど、相手が奥さんいる人だなんて聞いてないよ」

「そうかなあ……」

「そうだよ。そんな大切なことを、どうして私に話さないでえ」

「姉妹でそんなこと話すわけないじゃん。気持ち悪い」

陽子は何か思い出してうっすらと笑った。そして知られてしまった安心感から、突然堰《せき》を切ったように喋り始めた。

相手の男は、陽子をいったん手放したことをとてつもなく後悔していること。今さら女房や子どもと別れることは出来ないけれども、愛情はすべて君にやる。だから月に一度、二人だけの時間を過ごしたいと、男が言い続けていること。

「私もさ、こんな風になるなんて思ってみなかったよ。久しぶりに東京へ行ったから、ご飯でも食べようって電話をしただけなんだもん」

「だけど旦那やお姑さんに知られたら、どうするつもりだよ」

「そんなの、わかるわけないじゃん」

陽子は姉を睨《にら》んだ。まるで姉が相手の妻であるかのようにだ。その目を見て、貴子はもう間に合わないと直感した。

「あの年寄りと飲んだくれにバレるわけないじゃん。遅くなったってちょっと嫌味言われるぐらいで、まさか私が男の人と会ってるなんて思ってないよ」

「だけどさ、万が一ってことがあるしさ……」

「あのねえ、お姉ちゃん」

突然、膜を破ってにゅっと声が出た。妹のその動物めいた声に、貴子は一瞬身構えたほどだ。

「あのね、このままずうっと、ここで暮らすかと思うと、頭がおかしくならんだけ？　もう私の人生これでお終《しま》いかって、悲しくて悲しくてどうしようもない時ないだけ？　私は今、東京であの人に会わなくっちゃ、もう生きていけんよ」

「生きていけないなんてことはないよ」

貴子は静かに言った。

「みんな何だかんだ言ったって、ちゃんとここにいて子ども育ててんだよ。あんただけが出来ないなんてことはないよ」

「だけど、私はもう知ったんだよ」

姉と妹はしばらく見つめ合う。目をそらしたのは貴子の方である。

「とにかくバレないようにしろしね。絶対に旦那やみちるちゃんに知られちゃダメだよ。子どもは今までどおり、私がめんどうを見てやるからさ。泊めてやったっていいよ。訓男もその方が喜ぶしさ」

本当？　お姉ちゃん、本当にありがとう。やっぱり持つべきものは、女のきょうだいだよねと、陽子は照れ隠しもあってか、急に殊勝になった。

「うちの旦那も、お姑さんも、私がいないとご飯の仕度をしなくちゃなんないから嫌なんだよ。そのくらい勝手な人たちなんだから、私がちょっぴり勝手なことをしてもいいと思うよ」

それが陽子のつじつま合わせということらしい。

二週間たった。陽子はまた東京へ出かけるという。貴子は二人の子どもを預り、夕飯を食べさせ、風呂にも入れ、眠りかけているところを車で送ってやる。姑はじっとそれを見ているが何も言わない。が、おそらく何十倍にもなっていずれ返ってくることだろう。

ある日、夜遅く電話が鳴った。陽子の夫、高橋からであった。

「もしかすると、陽子、そっちの方へ子どもを迎えに行ってないかね」

「来てないよ。今日は陽子、遅くなるって言うから、みちるちゃんたちは泊まることになってるけど」

「いやー、最終で帰るっていうから、駅まで迎えに行ったけんど、乗ってなかったんだよ」

「あれ、それじゃきっと乗り遅れたんだね」

「それなら電話一本寄こしゃいいのに」

「きっともうすぐ来るよ。最終に乗り遅れちゃったもんだから、自分でもどうしていいかわからなくなっちゃったんだよ」

とうとうこんな日がやってきたのかと貴子は思った。男が引き止めているのか。それともどうしても帰りたくなくなった陽子が、急に刹那的な気持ちになったのか。いずれにしても、彼女がこの三ケ月、必死に取り繕っていたものがほころびを見せ始めたのだ。

陽子はどうするつもりなのか。とことん大胆になれるような女でもない。明日になれば、大変なことをしたと真青になり、あれこれ対策を考えるに違いない。

貴子は二階へ上がり、眠っている子どもたちに毛布をかけてやった。キティちゃんのプリントパジャマを着ているみちるは、軽いいびきをかいてよく眠っている。母親に似て睫《まつげ》毛の長い目がぴくりとも動かない。この子の未来はどんなものだろうとふと考え、そしてこの子の母親が発した、

「このままここで暮らすかと思うと、頭がおかしくならんだけ？」

という言葉を思い出した。

「悲しくて悲しくてどうしようもない」ことならいくらでも体験している。別に夫やこの土地が悪いのではない。年とること、目立たず静かに暮らすことを要求する大きな存在が許せないのだ。

貴子は眠っている姪の頬《ほお》に手をやる。あたたかくてやわらかだ。全く子どもの頬くらい、心をなごませてくれるものはない。

もしかすると、少しずつ少しずつ陽子を東京へ向かわせていたのは自分かもしれないとふと思った。巧妙に仕掛けていたのではないけれど、毎日少しずつ、陽子を昔の男へと近づけていった。

この世の中には、二とおりの川が流れている。こちら側は毎日平凡に生きるふつうの川だ。もうひとつの川は、ドラマや小説に出てくるような、深くて暗い川である。自分はその川で陽子を泳がせたかったのだ。なぜなら陽子は私なのだから。

「こんな生活、頭がおかしくならんだけ?」

陽子の真似をしてつぶやいてみた。おそらく私が一生口にすることのないだろう言葉。けれども私が心の中でいつも叫んでいる言葉。陽子は私なのだから。

夜はしんしんと更けていく。陽子はどう〝落とし前〟をつけて帰ってくるのだろうか。

貴子は固唾《かたず》を呑《の》んで待っている。

実和子

実和子《みわこ》を一回でも、私の友人に会わせると、たいていの人たちはこう言うのだ。

「どうしてあの子が、あなたと仲がいいの」

確かに彼女のような種類の女は、私のまわりではめったにおめにかかることはない。

実和子はカトリック系の女子大を出ている。ここはお嬢さま学校として有名なところで、特に下からエスカレーター式に進級した女たちは、育ちのいい令嬢ということになっている。ここの学校名を聞いただけで、舌なめずりするような男もいるぐらいだ。けれども私は、そのことについてはかなり疑問を抱いている。仕事柄、いろんな女たちに会う。あそこの学校の卒業生というのも編集者に何人かいる。確かに彼女たちは品もよく、身のまわりはいつもいきとどいている。特に髪の美しさといったらどうだろう、コンサバ系の女たちの髪を大切にすることといったら、とてもモード系の女の比ではない。髪は女らしさ、自分の体に対して心をつくしていることの証《あかし》である。少女の頃《ころ》から、彼女たちはせっせと有名美容院へ通い、トリートメントをしてもらっていたのだ。艶《つや》のある一筋の乱れもないという髪は、まさしく彼女たちが望む人生そのものだろう。私は彼女たちの、男性観というよりも、値踏みの仕方に辟易《へきえき》することがある。

彼女たちにとって、学歴や一流会社の肩書を持たない男というのは、全く何の価値も持っていないかのようである。恋をしたとしても、彼女たちは必ず自分の行動半径の中で選ぶ。しかも計算しているというのでもなく、それは彼女たちにとってあたり前のことなのだ。

私は今さら、人の生き方を否定しようなどとは思わない。そういう女たちがいるのは百も承知している。けれどもおそらく、私の友人として迎え入れることは出来ないだろうとは感じていた。そういう私の思いを知っているからこそ、友人たちは実和子とのことを驚くのだ。

実和子は、トップ企業とは言わないまでも、かなり大きなハムやソーセージをつくっている会社の経営者の娘である。そこは同族会社であり、経営権は身内がまわり持ちで持つことになるらしい。

「ですから、今は私の父が社長をしてますけど、次は叔父になるかもしれないし、あるいは従兄《いとこ》になるかもしれない、商店にケが生えたような、本当にその程度の会社なんですよ」

実和子は言う。金持ちの娘にありがちな謙遜《けんそん》というものではなく、自然に言葉がこぼれてくるように淡々と口にするのである。これが私が彼女を気に入っている理由なのかもしれない。彼女は思っていることをすぐ口にする。いや、思っていなくても口にすることで何かを生み出そうとしているようなところがある。率直というのでもない。悪い言い方をするとタガがはずれているのではないかと心配になるほど、彼女の中には、言葉をせき止めるものが存在していないのだ。

「うちの祖父っていうのは、どうしようもないぐらい女好きだったみたい」

ある日、ランチのパスタを食べながら、不意に彼女は喋《しゃべ》り始めた。

「そもそも、うちってひいおじいちゃんが他人の会社を乗っとったところから出発してるんですよ。ほら、明治の頃って、外国に留学していたエリートたちが、帰ってきてから酪農を始めたじゃないですか」

「あら、そうなの。その頃の歴史は知らないわ」

「そうなんですよ。うちは創業明治四十二年だとか言ってますけど、それは番頭していたひいおじいちゃんが、男爵だか子爵のつくったハム会社を乗っとった年なんですよ。もっともそれを大きくしたのがひいおじいちゃんなんですけどね」

戦前まではパッとしなかったが、戦後その会社のハムはすごい勢いで売れ始めた。金持ちになったひいおじいちゃんの長男、つまり実和子の祖父は、二代目として家業に精を出したが、それと同じくらい女遊びにも熱中したという。

「芸者さん、ふつうの女性と、見境なかったそうです。うちの叔父は、父とは年が離れていて、しかも母親が違うんです。祖父がお妾さんに産ませた子どもなんですよ」

彼女のお喋りは、露悪すれすれのところで自分のところへも及ぶ。つき合っている彼についても実和子はこんな風に語っていた。

「私とセックスする時、かなり緊張しているのがわかるんです」

「あら、どうして」

「決まってるじゃないですか。うまく出来なかったらどうしようっていつも考えているからですよ。プライドのすごく高い人ですからね、セックスの時もいろいろ考えるんじゃないですか」

仕方ないから終わった後に、すごくよかったと言ってやるのだそうだ。

「だけど言ったら言ったで、君はすごく経験があるんじゃないかって疑うんですよ。あんな風に頭がいい人って、どうしてセックスを、あんなに試験みたいに考えるのかしら」

その実和子が学生時代からつき合っていた男と結婚することになった。

「私だって、いろいろ考えたんですよ」

私にそのことを告げた時、実和子はまるで大きな不満を抱いているかのように唇をとがらせた。

「彼とは学生時代からのつき合いでしょう。飽《あ》きる、っていうのでもないけれど、もっと別の人がいるんじゃないかって誰でも思うじゃないですか。だいいち医者と結婚するなんて、ありきたり過ぎて恥ずかしいですよね」

なんでも実和子のクラスメイトのうち、十一人が医者を選んでいるというのだ。

「見合いの子は、はっきり見合いっていうからまだすっきりしてるんだけど、なんか中途半端な人たちって嫌ですよね。自分は恋愛だった。知り合って好きになった男が医者だったって言うんだけど、あれって違うと思うわ。だって学生の頃から、みんなせっせと医大生との合コンに精を出してたもの。その医大もランクつけて、あそこは本気でつき合う相手じゃないとかあれこれ言ってたんですよ」

でも私の場合は、もっとタチが悪いかもしれないわと実和子が話し始めた。

「向こうのお母さんと、うちの母とがゴルフ仲間なんです。学生時代からやたら会わされて、そういう風に仕向けられたっていう感じ」

男は有名医大の創立者の家系だ。一族に学者に医者、それも一流大の教授クラスがずらりと並ぶ。

「所詮《しょせん》うちはハム屋で、成り上がりじゃないですか。両親もはっきりと言わないけれども、コンプレックスがあるんです。私をそういう家の息子に嫁がせたいんです。姉がふつうの男の人と結婚した時は、そりゃあがっかりしていたけれど、今回の私のことは大喜びなんですよ」

実和子は私に、彼の写真を見せてくれた。名家のお坊ちゃまというから、ひよわな魅力ない男を想像していたのであるが、そんなことはなかった。背の高いがっちりとした体の上に、いかにも育ちのよさそうな甘い童顔があった。フィアンセは実和子の腰に手をまわし、白い歯を見せている。どこかのゴルフ場で写したのだろう、二人とも白っぽいウエアを着ている。見ているこちらが気恥ずかしくなるほど、選ばれ、恵まれた二人という感じだ。

「とっても幸せそうじゃない」

私はやや皮肉と揶揄《やゆ》を込めて言った。何のかんの言っても、実和子はこういう上質な人生しか歩めない人間なのだ。私にこの写真を見せたのも、結局は自慢したかったのではなかろうか。

「披露宴は帝国ホテルで挙げることになってるんです。私はフォーシーズンズか、パーク ハイアットがよかったんですけど、あちらのおうちは、代々結婚式は帝国っていうことで、押し切られてしまいました」

「ふうーん」

「エミ子《こ》さんは、出席してくれるでしょう」

「申しわけないけど、私、帝国ホテルの披露宴なんて、お尻《しり》がむずむずして何も食べられそうもないから遠慮しとくわ」

「そうですか、残念ですけど……」

その後、実和子は少し黙り込んだ。そして再び発した時は、口調がまるで違っていた。

「エミ子さん、あのね、私ってずっと考えていることがあるんです。これをしなかったら、私、一生後悔するような気がするんです」

彼女は私に強い視線をあてる。細い細いラインが、巧みに入れられた目。長い睫毛《まつげ》。実和子を見れば十人が十人、「美人で品のいい女」と言うだろう。けれども十分後には彼女のことをうまく思い出せなくなるはずだ。実和子は「美人で品のいい女」にくくられると、それですべてが終わってしまうような容姿をしていた。そんな彼女の内側に、かなり風変わりで強靭《きょうじん》なものが潜んでいることを、たぶん多くの人は知らないに違いない。

「私、結婚するまでに、すごいセックスを体験したいんです。もうイヤッ、と叫ぶぐらいセックスに溺《おぼ》れてみたいんです」

綺麗《きれい》に塗られたサーモンピンクの唇から、その言葉はゆるゆると吐き出されていく。彼女は全く照れることも、恥ずかしがることもなかった。

「私、お昼はちらし鮨《ずし》を食べたいんです」

と、リクエストするのと全く変わらなかったかもしれない。

「今まで二十八年間生きてきて、私、セックスに狂ったことがないんです。もちろん、それなりの快感もあるし、気持ちもいいですけど、それだけのこと。小説や映画を見ると、もうセックスのことしか考えてないような人たちが出てくるじゃないですか。私、ああいう人たちが、ちょっと羨《うらやま》しいんです。ううん、この頃すごく羨しくなりました」

「ああいう人たちは、特殊な人たちなんじゃないの」

私は言った。

「世の中の人が、みんながみんな、セックスのことばっかり考えているわけじゃないでしょう。たいていの人は、好きな人と二人きりで部屋にいる時インランになるけど、それ以外は淡々としているんじゃないの」

「そりゃそうかもしれませんけど、そういう世界があるなら知りたいじゃないですか。私、うんと子どもの時に、ディズニーランドっていうものがあるのをテレビで知ったんですね。そうしたら私、もうそのことしか考えられないようになったんです。あそこに行けなければ、生きている価値もない、っていうぐらい思ったんですよ。今の気持ちって、あれに似ているかもしれません」

「ディズニーランドはよかったわね」

私は笑った。全くこういう場合、笑うしかないではないか。

「私はこれから結婚するわけですけど、結婚したら彼を裏切らないつもりです。不倫なんていうのは、リスクが大き過ぎて私はとてもする気になれません。彼のセックスっていうのは、可もなし、不可もなしっていう感じかしら。私もそう何人も知っているわけじゃないから決めつけるのはよくないかもしれませんけど、ああ、こんなもんだろうなあ、っていうのがわかるんです」

結婚したら、夫としかセックス出来なくなる。このあたり前のことが、最近自分をとても焦《あせ》らせているのだと実和子は言った。そうなったら、もう自分は「めくるめくような快感」も、「我を忘れる恍惚《こうこつ》」も味わうことなく死んでいくのだ。それはとても淋《さび》しいことではないだろうか。

「だから私、一生に一度、セックスのすごくうまい男の人に、狂ったように抱かれてみたいんです」

「まあ、そうは言ってもねぇ……」

珍しく私はうろたえてしまった。私は時々、育ちのいい女の大胆さに驚くことがあるが、実和子の場合は度が過ぎているような気がする。彼女はどうしてこれほどセックスにこだわるのだろうか。一度男から、手ひどいめに遭わされているのだろうか。

私が問うと、

「そんなことはないですよ。ごくふつうだと思います」

と答えた後で、

「ただ、もっと悦《よろこ》んでくれてもいいのにって言われたことがあります。それは前の彼です。おそらく風俗で遊んでいたと思うんですけど、そういう女の人と比べると、私の反応ってやっぱり違っていたみたい」

「そりゃそうでしょう。風俗の女の人と比べられちゃたまらないわよ」

「でもあの人たちは、体もすごいことになるみたいですよね。潮を吹いたり、痛くなるぐらいきつく締めつける女の人がいるって男の人の週刊誌に書いてありましたけど、あれって本当でしょうか」

「あんな週刊誌に書いてあることなんか、信じない方がいいわよ。男の人が願望を込めて、勝手に書いているだけなんだから。潮吹き女なんか、男のつくった幻想で、雪女みたいなもんだと私は思っているのよ」

「そんなもんですかね。それはいいとしても、そういう世界があるのは事実でしょう。私、一度でいいから、そういう世界に踏み込んでみたいんです。そのチャンスは今しかないんですよ」

だからお願いしますと、彼女は私に向けてさらに強い光をあてる。

「誰か男の人を紹介してくれないでしょうか」

ちょっと待ってよと私は叫んだ。混乱している。今日はいつになく、すべて実和子のペースにはめられていて、気がついたらちゃんと役割を与えられていたのである。

「エミ子さんは顔が広いし、いろんな人を知っていると思うんです。だからお願いします、私のために誰か紹介してください」

ご冗談でしょう、そんな人、誰も知らないわ……と言いかけて私は言葉を呑《の》んだ。実和子の表情があまりに真剣で、それにつられてある男の顔が浮かび上がってきたのである。その男の顔はあまりにも強烈で、「知らない」と言い逃れは出来なかった。

私は知っている。本当に驚くべきことに、実和子の望むぴったりの男を知っているのである。

駒井充也《こまいみつや》という名を、おそらく多くの人たちは知っていることだろう。彼の撮ったビデオは見たことがなくても、黒いサングラスをかけた独得の風貌《ふうぼう》を見知っている女は多いはずだ。「コマミツ」と呼ばれる彼は、ＡＶ界の革命児と称《たた》えられた。彼の撮るＡＶは、それまでのものとは全く違い、

「魂ごと男を欲情させる」

と言われたものだ。彼は深夜番組などに顔を出しているうちに、社会批評的なものを書くようになった。いかにも全共闘世代的な、攻撃的な辛口が受けて、そこそこ売れたものである。私は彼の書くエッセイ集の装丁を二冊やったことがあり、その頃は時々会って飲んだりしたものだ。彼の行きつけのゴールデン街にも連れていってもらったりしたのだが、あそこに集《つど》う人たちの独得のにおいにどうもついていくことが出来なかった。駒井もそれに気づいたのだろう、次第に私を誘わなくなった。今では年賀状をかわすぐらいの仲だ。

当時、レモンを入れた焼酎《しょうちゅう》を飲みながら、彼は今凝《こ》っているＳＭについて喋ったものだ。行きつけの店だったから、編集者や売れない作家、フリーライターといった面々が、ごく自然に彼の会話に加わっていった。駒井は言った。日本の縛りの素晴らしさに比べれば、西欧のＳＭなんていうのは、それこそ子ども騙《だま》しのようなものではなかろうか。

「男が女の手をこうやって縛るだろう、それはただ縛っているだけじゃないんだ。ちゃんと名前があって形が違う。それはね、江戸時代の拷問《ごうもん》の流れなんだ。あの縛りの形は、藩によって違うんだから、それこそ何百とある。これから見れば、ヨーロッパのＳＭなんか、単に錠と縄を使うだけなんだからね」

彼は興奮して喋ると、薄い唇の端《はし》にかすかに泡《あわ》がたまった。そんな時、私は不思議な感動にうたれたものだ。世の中に、これほど性に対して執着と情熱を燃やす人がいるとは驚きだった。そして駒井と同じものが、どうやら目の前の実和子の中にも流れているらしい。

誰か男を紹介して欲しいと切り出された時の衝撃《しょうげき》が薄れていく中、私の中でゆっくりと記憶が甦《よみがえ》っていく。

「もしあんたが、本当に男とやりたくなったら、頭がおかしくなるぐらいまでやりたいと思ったら、いつでも男を紹介するよ。あいつらは本当にすごいよ。ふつうの男たちなんかとまるで違う。プロ中のプロだからね」

傍《そば》にいた客のひとりがこう問うた。

「いったいどんな風にすごいんだよ。オレたちとどう違うっていうんだよ」

「まるっきり違うよ」

駒井はサングラスごしに男を睨《にら》んだ。

「あんたたちと真剣度も違えば、体力もテクニックもまるで違うさ。愛だ、恋だの言ってもさ、あんたたちの彼女、一晩彼らに貸してみ。もうあんたなんかと寝なくなるよ、絶対にね」

あの言葉は本当なのだろうか。どこまで駒井を信じていいのだろうか。

私は実和子の顔をもう一度見る。手入れのいきとどいた綺麗な肌。おそらく着ているカシミアのニットの中の肌も、なめらかで白いだろう。一度も見たことはないけれど、実和子の裸体は美しいはずだ。パンツ姿のヒップもきゅっと上がっているのを、私は一度誉《ほ》めたことがある。

彼女はこの美しい体を、結婚前に一度めちゃくちゃに酷使したいという。自分の体が、どこまで耐えられるか、どこまでのたうちまわるか知りたいというのだ。私は、その気持ちがわからないではなかった。もし私が気ままな独身ではなく、もうじき嫁ぐ身だったとしたら同じことを考えたような気がするのだ。知り合いの中には、長年愛し合った恋人と結婚する直前、出会い系サイトで出会った見知らぬ男に抱かれたという女がいる。自分の人生、というよりも性生活が、ひとりの男にからめとられ、規制されていくということは一見幸福なように見えるけれども、同時に哀《かな》しみもつきまとう。実和子もこの哀しみをきちんと見つめようとする女のひとりなのだ。

私は彼女に尋ねてみた。

「実和子ちゃん、あなた、本気なのね」

「ええ、本気です」

頷《うなず》いた彼女の目の中に、少なくとも好色な好奇心があったら、私はあの計画など思いつかなかったろう。実和子の目は真剣でそして澄んでいた。その澄み方というのが、真実をどれだけ知っているのだろうかという疑問に辿《たど》りつくのであるが、そもそも彼女は、真実を手に入れるために冒険を始めるのだ。

「わかったわ……」

私はため息をついた。

「何とかしてあげる。あなたにぴったりの人を探してあげる」

ありがとうございます、と実和子は言った後でこうつけ加えた。

「どんな人でもいいけど、秘密を守ってくれる人にしてくださいね」

こういう風に念を押すところが、実和子の属するクラスの女たちの嫌らしいところだ。けれども私は許す気になっている。おそらく不純なもの、ことのなりゆきを知ってみたいという思いが生まれてきているために、私はひどく寛大になっているのだろう。

駒井と会ったのはそのすぐ後であった。久しぶりに一緒に飲みたいからという名目で、私は彼を西麻布のバーに誘った。私の行きつけの、小さな気持ちよいバーである。けれどもこの選択は失敗だった。久しぶりに見る駒井は、年をとった分異様さが外ににじみ出ていた。今どき真黒なサングラスをした男などめったにいないし、薄い唇は皺《しわ》が寄って病的なほど淫蕩《いんとう》な感じがした。おしゃれなバーに現れた彼は、ひどく浮き上がって人々の目を集めることになった。

性にまつわる仕事をしている人の不思議さを、私は思わずにはいられない。年をとればとるほど、尋常ではないものが肥大して、外側にはみ出してしまうようなのである。彼は新宿二丁目やゴールデン街で飲む時のように、レモン入りの焼酎を注文した。置いてある店で本当によかった。

そして私は手短かに用件を話した。もちろん実和子の名前は隠し、結婚する直前の女が、一度でいいから性をたっぷり楽しんでみたい。ひいてはAVの男優を紹介してもらえないかと頼んだのだ。

「そういう女っていうのは、すごく多いんだよねぇ……」

駒井は嬉《うれ》し気《げ》にけっけっと笑った。煙草《たばこ》を吸わないのに、前歯が変色していた。年齢のせいかもしれない。

「今の若い女にとって、男優っていうのは憧《あこが》れの的なんだ。一度でいいから、彼らにお相手してもらいたいって、本気で頼んでくるからね」

「それで、お金はちゃんと払いたいって言ってるんですけど、それって失礼じゃないでしょうか」

「もちろん失礼じゃありませんよ。彼らはプロなんですからね」

「それで……」

私はあたりを見わたした。私たちは離れた場所に座っていたし、店は適度に騒がしくて、私たちの声が届くはずはなかった。それでも私は、次のひと言《こと》を充分注意を込めて、ひそやかに発した。

「それで、一晩いくらなんでしょうか」

おそらく私が、二度とすることがない質問。何人かの男はするかもしれないが、女が決してすることのない質問だ。

「五十万でしょうね」

こともなげに駒井は言った。

「えっ、五十万円。そんなにするんですか」

せいぜい十万円ぐらいと踏んでいた私は驚いた。高級娼婦《しょうふ》でも、せいぜいそのくらいではないだろうか。私の表情を読みとったのだろう、

「少しも高いことはないよ」

駒井は言った。

「女と違って、男は足を開げて寝ているわけにはいかないからね。一晩、全身全霊で相

手を愛し抜くんだから、五十万でも安いぐらいだよ」

そして自分が女衒《ぜげん》のような口調になったことに気づいたのだろう、こんな風にも言う。

「まぁ、五十万っていうのは相場だからね、相手によっても違うでしょう。すごく若くて美人なら、彼らも考えるかもしれない。まあ、個々で交渉してよ。僕は紹介するだけだからね」

「わかりました。でも相手はデブのおばさんじゃありません。若くて美人ですよ。男の人だったら、ちょっといいな、って思う綺麗な人ですよ」

「あ、そういうのは多い、多い」

駒井が言うには、最近若くて容姿も恵まれている女たちが、思い出づくりのために男優たちに抱いてもらいたいと懇願するという。

「そのために貯金をしてるっていうんだから、面白《おもしろ》い世の中になったもんだよね」

「へえー、そうですか」

けれども私は、彼女たちの気持ちがわかるような気がした。実和子の唐突な願いに驚きながらも、嫌悪を感じなかったのとそれは似ている。性の深淵《しんえん》を確かめようとする人に対して、私はなぜか不思議な好意を抱くのである。

「それで、どんな男優がいいの」

彼がよく使う男たちの中で、超売れっ子といわれる者が三人いる。中でもサムソン村《むら》上《かみ》という芸名の男優は、一晩で何度でも勃《た》たせることが可能だというのだ。

「日頃から体の鍛え方と、精神の集中のあり方が違うもの」

駒井は優秀な教え子を自慢するように言った。

「彼のビデオ見たことある」

「いいえ、ありません」

「じゃ送るよ。何本か送るから、それを相手のお嬢さんに見せてよ」


やがて彼から宅配便が届いた。私はその中の二本を早まわしをしながら見た。サムソン村上というのは筋肉質で、まるでハーフのような顔立ちをしている。おそらく整形ではないかと思うのだが、大きなくっきりとした二重の瞼《まぶた》が愛敬《あいきょう》がある。彼はかなり強引に女の足を大きく開き、その中に顔を埋《うず》めていく。ぴちゃぴちゃと音をたてる。私はもし自分が実和子で、この男に同じことをされたらどうだろうかと考える。それほど嫌でないような気がした。それでビデオを実和子のところへ送った。しばらくしてから実和子から電話があった。

「あの方で結構ですから、連絡をつけてください」

と言うのである。五十万という金が必要だと告げると、

「ああ、そのくらいなら何とかなりますから」

ことともなげに答えた。私は金額の多寡《たか》よりも、男に金を払って一夜を共にすることのプライドを問うたつもりであるが、そんなことは全くなかったらしい。後に聞いたところによると、実和子は金を払っただけではなく、一流ホテルのスイートルームも予約させられたというのだ。

「サムソンさんとお話しした時に、ホテルはスイートをとるように。たぶんすごい声を出すだろうから、ふつうのツインじゃまずいって言われたんですよ」

こういうことを照れることもなく、まっすぐにこちらを見て語る実和子を見て、私は初めて違和感を持った。こんな風に男と寝たい、という女は理解出来ても、こんな風に男と寝たことを細かに話す女に、私はやはり距離を感じてしまう。

実和子のように、冷静に話されるとなおさらだ。

「サムソンさんは、やっぱりふつうの男の人とはまるで違いますね。まず一緒にお風呂に入りましたけれど、こちらの体を、女の子がお人形をいじるみたいに、そりゃあ大切に丁寧に隅々まで洗ってくれました。女の人って、あれだけでいってしまうんじゃないかしら」

うとうと眠ってはまた起こされ、激しく交わった。陳腐な言い方であるが、本当に夢のような一夜だったという。

「でもあれは、本当に一夜のことなんでしょうね」

実和子は自分に言いきかせるように言ったのである。

「あんなセックスを毎日していたら、日常生活に支障をきたしますよ。人間は他《ほか》のことを楽しんだり、ふつうに生きていこうと思ったら、セックスというものは七割ぐらいのところで楽しんでいて、のめり込むところまでいかない方がいいんでしょうね」

これが五十万円払い、駒井が言うところの、

「日本でいちばんセックスのうまい」

男優と寝た結論だと思うと、私は何やらおかしいような気持ちになりながらも、同時に寒々としたものを感じたものだ。うまくは言えないが、人生というものには結論を出さなくてもいい幾つかのことがらがある。実和子は早い時期にそれをひとつしてしまったのではなかろうか。

が、そんな私の心配をよそに、結婚披露宴での実和子は本当に美しかった。

写真を何枚か見せてもらったのだが、有名デザイナーのオートクチュールによるウエディングドレスは、豪華なレースがふんだんに使われており、それをまとった実和子は

まるで女性誌から抜け出したモデルのようであった。

しばらくしてから、実和子から転居通知が送られてきた。

「エミ子さん、その節はいろいろとお世話になりました。何とかぼちぼち暮らしています」

私はこれを実和子独得のクールな表現と受け取りながらも、ふーんと小さなため息を漏《も》らした。実和子のために、たいしたことをしてやったわけではないが、それでもわざわざAV監督に会いに行き、男優を紹介してもらった。その男優と寝た後の露悪的な話もさんざん聞かされた。その結果が、

「その節はいろいろお世話になりました」

ということらしい。おそらく実和子のような女は、その都度要領よく自分本位に生きていくのだろう。自分の身に起こったさまざまなことをふるいにかけ、そして都合の悪いことや忘れ去りたいことは、記憶のどこかへ上手に置き去るのだ。私はおそらく彼女の、その忘れたいことのひとつに手を貸したことになるのだろう。私は自分のお節介ぶりを嗤《わら》いたくなる。まあ、今さらこの性格を変えろといっても無理だろうし、私自身も百パーセント善意から来ているのかと問われればそれも違うと答えるだろう。いずれにしても、これで実和子から遠くなっていくだろうと私は思い、事実そのとおりになった。

新宿のホールで芝居を観た帰り、友人に誘われてビルの三階にあるスナックに入った。スナックというよりも、西洋居酒屋と言った方がいいかもしれない。天井からソーセージが、インテリア代わりに何本も下がっていた。友人が言うには、ここは昔から芝居の関係者がよく使う店だということだ。

女二人で、ソーセージを肴《さかな》にビールを飲んでいると、彼女が私に言った。

「ちょっと、向こうで手を振ってる人がいるわよ」

振り向くと駒井であった。何かの打ち上げでもしているのだろうか、数人の男たちとテーブルを囲んでいる。酔った男たちの中へ挨拶《あいさつ》へ行くのはかなり億劫《おっくう》であったが私は立ち上がった。

「監督、先日はありがとうございました」

「いやー、どうも、どうも。かなり喜んでもらえたみたいだね」

そして彼は、まわりに聞こえないように、早口でそっと私にささやいた。

「それで喜ばれ過ぎちゃって、彼女、サムソンとまだ会っているみたいだね」

「何ですって」

「いや、彼から聞いたから間違いないと思うよ。嘘《うそ》つくような男じゃないし」

私は席に戻っても、そのことが頭から離れなかった。一応自分が望むような結婚をし、幸福に暮らしていると思っていた新妻の実和子が、どうして一晩限りと割り切っていたはずの男とつき合っているのだろうか。

あのサムソン村上という男を、本当に愛したのだろうか。

まさか、と私は打ち消す。ビデオの中で見た、女の肌を嘗《な》めまわしていたサムソンの、どこか呆《ほう》けたような顔を思い出したからである。実和子は、男の条件に必ず知性をあげる女だろう。いや、あげる前に、知的でない男など考えられもしなかったろう。その彼女が、いくら肉体的に衝撃を受けたからといって、あの男を精神的に受け入れることが出来るのだろうか。私はわからない。そんなことがあり得るはずはないと、私の冷静な部分はとうに結論を下しているのであるが、どこかで別のものが蠢《うごめ》き始める。それは、男と女、何があってもおかしなことはないという、強大で不思議な真実なのである。あれこれ考えても仕方ないので、私は実和子に電話をしてみた。

「あ、エミ子さん、ご無沙汰《ぶさた》していてすいません」

はずむような声は、やはり充《み》ち足りた生活をおくっている新婚の女のそれだ。

「引越しや何だかんだ、いろんなことがあったんで、ご連絡が遅くなってすいません。でもエミ子さんと会いたいと思っていたところなんです」

夜はお互いに忙しいということで、ランチをとることになった。白金にあるイタリア料理である。気候がいいので、私はテラスを予約していた。ここなら人に話を聞かれることもないだろう。

実和子はブランド品らしい素晴らしく冴《さ》えた水色のニットに、白いパンツでやってきた。どこから見ても、この界隈《かいわい》にたむろするおしゃれで豊かな女のひとりである。こっそりAV男優とつき合っているとは誰が思うだろう。

グラスの白ワインを頼む。野菜のテリーヌという前菜。実和子は軽やかにフォークを使う。駒井の名や、AVという単語を口にすることをためらうような、気持ちのいい午後であった。

私が駒井と会ったことを話しても、実和子は顔色ひとつ変えない。

「いずれ、エミ子さんにはお話ししようと思っていました。勝手なことをして、申しわけありませんでした」

「勝手なこと、なんていうよりも、このことが噂《うわさ》になったらどうするの。あなたがやっていることはとっても危険なことなのよ」

「でも、あの人たちの世界と、私のいる世界とは全く違いますから、交わることもないと思います」

居直りとも言えることを口にしてから、実和子はゆっくりと喋り始めた。

夫との新婚生活が始まった。新しいマンションも快適だし、結婚に際して父親からかなりの自社株を譲られた。この不景気であるが、優良株ゆえに配当だけでかなりの額になる。洋服を買ったり贅沢《ぜいたく》な旅行をするには充分な額だ。夫もやさしいし、家に早く帰ってくる。二人で話題のレストランへ行くこともあるし、実和子の手づくりの料理を食べることもある。

「でも、すぐにへんな感じになりました。なんだかもの足りないっていうか、淋しいっていう気持ちです。それをつきつめてみると、セックスだったんですね」

抑揚のない口調で、大胆なことを語るのは結婚前と少しも変わっていない。

「私、それまで自分のこと、セックスがそんなに好きじゃない、おそらく溺れることもないだろうと思ってました。だけどつきつめて知りたいっていう気持ちはすごくある。それがサムソンさんを紹介してもらったことになるんですけどね」

この充たされない、淋しい思いは何だろうと悩んだ揚句《あげく》、サムソン村上に電話をかけた。そして彼とまたホテルへ行ったというのだ。

「あの時の気持ちを何て言ったらいいんでしょうか、風がピューピュー吹いてくる穴が、ピタッてふさがったっていう感じなんです。サムソンさんは言ってました。セックスっていうのはそういう働きがあるんだって。心だ精神だなんてめんどうくさいことを言わなくてもいい。お腹が空《す》いた人間に、あったかいごはんとお味噌汁を飲ませるようなもんだって。体にいちばん効くことなんだって。それを聞いて、私は割り切って考えられるようになりました。私がこの夫との幸福な生活を維持していこうと思ったら、サムソンさんとのことは必要だって」

「ちょっと待って……」

私はごくんと白ワインを飲み干した。どういう風に反論すればいいのか、舌がもつれるような思いになったからだ。

「それって、違うと思うわ。夫を愛してるんだったら、その人とセックスして、充たされることが幸福っていうことなんじゃないの」

「でも彼って、セックスがあまり好きじゃないみたいです。恋人の時は頑張ってたけど、結婚した今は、すっかり安心してしないことが多いですね。それが夫婦だと思っているみたい。でも私、彼のこと好きなんです。いい人だし、結婚してますます好きになりました。セックスを別のところでしてきても、後で心の中で、それをうまく夫にくっつければいいんじゃないでしょうか。サムソンさんとしたことも、夫としたことと思えばいいことでしょう」

それにと、実和子はこう言った。

「今、月に二回会ってるので、サムソンさん、とってもお安くしてくれてるんですよ。今じゃ一回十万円なんです」

得意気に微笑《ほほえ》んだのである。

「他の人からは五十万、いや、もっと貰《もら》うけど、私からは十万円でいいって。なんかこういうのって嬉しいですね。何か努力していることを認められたっていう感じ」

「努力ねぇ……」

私は憮然《ぶぜん》としてつぶやいたが、おそらく実和子には聞こえなかったことであろう。

あとがき

私は長編小説を書くのが大好きであるが、短編も自分に向いているのではないかとおもう。

大きなテーマを選び、力技で書いていく長編と違い、短編の方は職人の技を要求されていく、空中に浮いている〝とるに足らない〟ようなものを両手でつかまえ、それをどう料理していくのというのは作家として、舌なめずりするような気分だ。

このたびポプラ社さんのほうから、私の今までの短編をテーマ別に再編してくださるというお話があった。最初に発行されるのが、「秘密」だという。

こういう風に編まれてみると、私が三十代の頃、若い女性向けの雑誌に書いた短編と、中年になってからのものでは、その違いが明らかだ。年をとるにつれて、小説の主人公たちは、人生における本質的な秘密を抱くようになっていくのだ。自分で再読していても、ぞっとするような嫌な気分がわき出てくるのは、たぶん私の意地が悪いせいであろう。

ある文学賞をいただいた時、尊敬するある選考委員の方にこう言われたものだ。

「君の書くものというのは、意地が悪いね。どうしたらこんなに意地が悪いことが書けるか不思議で仕方ないよ」

これはもちろん誉め言葉だと思っている。私はどうも純愛というものが書けない。どんなに愛しあっている二人でも、駆け引きがあり、心の闇があるというのがかねてよりの私の持論である。であるからして、どれほど円満に見える夫婦・恋人同士でも、お互いに秘密を持っていないわけではないのだ。

このコレクションでは、作家としての私の意地悪さが最も濃く出ているはずだ。

「林真理子の書く女って、怖くて意地悪でイヤ」

と言いながらも、ずっとつき合ってくださった読者の方には本当に感謝している。

解説

唯川恵

秘密。

何て魅惑的な字面だろう。「ひみつ」でも「ヒミツ」でもなく秘密。やはり秘密には漢字が良く似合う。官能的で、罪の匂いがして、甘やかで、怖い。

自分が持ってしまった秘密もあるだろうし、思いがけず知ってしまった他人の秘密もある。そんなつもりはなかったのに誰かと共有することになってしまった秘密もある。

どんな秘密にしても、持ったとたん、まるでそれ自体が生き物のように身体の中で蠢き始める。決して他言しない、自分ひとりの胸に納めおくからこそ秘密とわかっていながら、困ったことに「話したい衝動」という副作用もセットになっている。この副作用は強烈で、人は秘密を持った限り戦い続けなければならない。まるで罰を受けるみたいに。

秘密は持つことよりも、持ち続けなければならないことの方が辛いのではないか。

林真理子さんの『秘密』を読み進めてゆくうちに、そんな思いにかられてしまった。

友人の部屋の冷蔵庫を開け、その中に腐りかけた食材がごちゃごちゃと入れられているのを見て、女たちが心の中に抱え込んでいるものと重ねる美紗子。二年前に恋人に去られたことに納得が行かず、探ってゆくうちに思いがけない真実と真意を知らされることになる理香。女優を恋人に持ったことの優越感と、甘美な拷問に立ち竦む俊彦。自分に屈辱を与えた男と、その結婚相手の秘密を永遠におもちゃのようにいじり続けようと決心する広子。かつての恋人と夫婦同士の付き合いをし、それに満足していたはずが結局は計算を違えてしまう香苗。妻を守るために、大きな秘密を抱えることで愛情をゆるがないものにしようとする常雄。女友達の「セックスに溺れたい」という願望を叶えてあげながら、腑に落ちない結末に戸惑うエミ子。自分の生きられなかった人生を妹に託し、秘密を共有することで自分を納得させようとする貴子。

八編の短編の中に登場する女と男。どの作品にも心理サスペンス的な展開が待ち受けていて、ページをめくる指がはやってしまう。

個人的には『土曜日の献立』の主人公、香苗の在り方に自分を重ねてしまった。

かつての恋人とその妻、自分の夫を交えて仲良く家族ぐるみの付き合いをする、などというドラマチックな経験は残念ながらないが、香苗の秘密に気づかない夫に対して苛立つあの感覚は実に納得する。

『その律儀さが、一瞬愚鈍さに見えたのは本当だった』

と、香苗はほとんど夫を憎みそうになっている。彼が昔のボーイフレンドであると言っても夫は『なるほど』と答えるだけで、その日本語の文字通り男の友人と受け取ったように聞こえる呑気な声にますます苛つく。

秘密は、暴かれそうになると心の内鍵をぱたぱたと閉めて、決して口を割ることはないが、あまりに無頓着に接されると、ついひとつふたつ鍵をはずしたくなる。本気で探られたら困るくせに、探られないと腹が立つ。この矛盾。この身勝手。そして大抵の場合、それが厄介ごとの火種となる。

ここでこれ以上展開を明かしてしまうことはできないが、意外な結末が待っている。この「意外な」というのは、読み手の受け止め方によってまったく印象が変わる結末である、という意味も含まれている。私自身、一読した時は、これで夫婦仲が崩壊するような印象を受けたが、二度三度と読んでみると、二組の夫婦は結局何も変わらず二ケ月後にはまた四人で一緒にゴルフに出掛け、帰りにおいしい蕎麦でも食べるのだろうとも思える。もう一度読めば、きっとまた印象は変わっているだろう。

もう一作『二人の秘密』は、本書の中では少々異質な雰囲気があり、これも強く印象に残っている。

夫は妻の浮気相手から、妻のきわどい写真をネタに強請《ゆす》られる。妻はわずかに狂い始めている。愛する妻を守りたいという思いから、夫は浮気相手を殺そうと決意する。ここまで読むと、美しい夫婦愛を想像されるかもしれないが、最後の六行で、風景が一転する。柔らかな光を浴びていたつもりが、瞬く間に鉛色の雲に覆われてしまうような感覚だ。

林さんの筆さばきが冴える逸品であることは間違いない。

林さんが『ルンルンを買っておうちに帰ろう』でデビューされてからの活

躍ぶりは、誰もが知ることであるから、私ごときが今更ここに記す必要もないだろう。

私が初めてきちんとお話しさせたていただいたのは二〇〇二年十一月十三日、女性誌の対談だった。その年、直木賞をいただいたが、林さんが選考委員であり、選評でとても好意的に書いてくださったことに感謝していた。

それでも、私はとても緊張していた。何しろ女の意地悪さを書かせたら天下一品と言われているあの林真理子さんである。下手なことを言ったらやり込められるのではないかと、正直言って怖かった。しかし、予想に反し、林さんは大らかに接してくださった。私のような、林さんの前で緊張するしかない側の人間の心理もよく心得ていらっしゃるのだろう。バーキンの口からのぞいていたお人形も、ほのぼのと気持ちを和らげてくれた。誰もが「林さんとまた会いたい」と思う気持ちが、私にもよくわかる対談となった。

今、私は林さんと週に三回会っている。

と言うのは、週刊誌の三つの連載を毎週読んでいるからだ。（月刊誌を入れればもっとだが）

これだけ読んでいれば、林さんのことは何でもわかるような気がしてくる。

誰と会って、どこに出掛けて、何を食べて、何を買ったか。いつ風邪をひいて、髪をカットして、気になる男性とどんなメールのやりとりをしたか。私の近しい友人よりも情報を把握している気がする。

でももちろん、そんなことはあり得ない。

林さんは芯から小説家である。

この『秘密』という短編集を読みながら、林さんが持つ秘密はいったいどんなものなのか、その興味はますます深まってゆくばかりだ。

（作家）

出典

『お別れパーティー』――「東京胸キュン物語」角川文庫
『二年前の真実』――「悲しみがとまらない　恋愛ソング・ブック」角川文庫
『女優の恋人』――「男と女のキビ団子」祥伝社ノン・ポシェット
『彼と彼女の過去』――「さくら、さくら　おとなが恋して」講談社文庫
『土曜日の献立』――「怪談　男と女の物語はいつも怖い」文春文庫
『二人の秘密』――「みんなの秘密」講談社文庫
『秘密』――「初夜」文春文庫
『実和子』――「年下の女友だち」集英社文庫

ポプラ文庫好評既刊

ガールズ・ブルー
あさのあつこ

理穂、美咲、如月の三人は、同じ高校に通う幼なじみ。失恋、体が弱いこと、優秀すぎる兄弟との葛藤……それぞれに様々な思いを抱え、それでも元気に日々を過ごしていく。青春の切ない輝きを描いて人気の著者の、女子高生グラフィティ・シリーズ第一弾。解説／佐藤多佳子

ガールズ・ブルーII
あさのあつこ

高校三年生になった理穂、美咲、如月。高校生活最後の夏、心を決めきれずにいる理穂たちをよそに、周囲は着々と進路を定めていく。恋や進路やそれぞれの事情、目の前にある問いかけへの、自分だけの答えはどこに？――大人気女子高生グラフィティ・シリーズ第二弾。

ポプラ文庫好評既刊

夕闇の川のざくろ

江國香織

孤独で嘘つきな、美しい女性、しおん。人なんてもともとほんとじゃないのよ、そう言う彼女は、次々と物語を紡ぎ出す。自分の生まれのこと、恋人のこと——幼馴染の私は一緒に台所に立ち、彼女の話に耳を傾ける。印象深い文章と挿絵が響き合う、美しい物語。解説／西加奈子

空と海のであう場所

小手鞠るい

イラストレーターとして着実にキャリアを積んでいる木の葉に、作家となったかつての恋人アラシから一篇の物語が届く。遠い日の約束が果たされるとき、明らかになるのは——恋愛小説の名手が、時も距離も超える思いを描く、心ゆさぶる魂の愛の物語。解説／市橋織江

ポプラ文庫好評既刊

今朝子の晩ごはん

松井今朝子

小説の執筆に追われていても、日々の晩ごはんは欠かさない！　ＴＶの料理番組の優良モニターと化しながら、亀と親しみ、劇場に出かけ、乗馬を楽しむ。直木賞作家の日常をあますところなく綴った、公式ＨＰの日記が文庫オリジナルで登場。解説マンガ／萩尾望都

あの空をおぼえてる

ジャネット・リー・ケアリー

浅尾敦則　訳

妹とともに交通事故に遭い、ひとり生き残った11歳の少年ウィル。妹の死を嘆くばかりの両親のそばで、ウィルは行き場のない想いを、妹への手紙としてつづり始める。家族がそれぞれに苦しみを抱えながらも、絆を回復していく姿を丹念に描く、珠玉の物語。解説／金原瑞人

ポプラ文庫好評既刊

てのひら怪談
ビーケーワン怪談大賞傑作選
加門七海・福澤徹三・東　雅夫　編

ネット上で二〇〇三年より毎夏開催され、大反響を巻き起こしている「ビーケーワン怪談大賞」の名作佳品が一冊に！　大の怪談好きで知られる三人の編者が、腕によりをかけて選んだ一〇〇編に加え、文庫オリジナル書き下ろし作品八編も収録。解説／京極夏彦

Little DJ
小さな恋の物語
鬼塚　忠

海を臨む病院で、ディスクジョッキーになった少年・太郎。毎日届くリクエスト、病室に響く懐かしいメロディ、入院患者たちとのゲストトーク……少年のお昼の放送は、病院をあたたかな空気で満たす。映画も公開され、話題になった感動の物語が待望の文庫化！　解説／池上冬樹

Hayashi Mariko Collection 1
秘密
林 真理子

2008年6月5日　第1刷発行
2018年11月15日　第8刷

発行者　長谷川 均
発行所　株式会社ポプラ社
〒一〇二-八五一九　東京都千代田区麹町四-二-六
電　話　〇三-五八七七-八一〇九(営業)
　　　　〇三-五八七七-八一一二(編集)
ホームページ　www.poplar.co.jp
フォーマットデザイン　緒方修一
印刷・製本　凸版印刷株式会社

ISBN978-4-591-10348-7　N.D.C.913/224p/15cm
落丁・乱丁本はお取り替えいたします。
小社宛にご連絡ください。
電話番号　〇一二〇-六六六-五五三
受付時間は、月～金曜日、9時～17時です(祝日・休日は除く)。

P8101006